7
전생자.
딸인 나는
엄마는 정령,
아빠는 영웅,
저자 / 마츠우라
일러스트 / keepout

엘렌
주인공. 원소의 정령. 겉모습은 어린아이, 속은 어른(이라고 믿음!).

오리진
엘렌의 어머니. 정령의 여왕. 순수하고 발랄하며 훌륭한 몸매를 가진 절세 미인.

로벨
엘렌의 아버지. 전 영웅. 아내 오리진과 딸 엘렌을 무척 사랑한다.

반
바람의 정령. 빈트의 아들. 카이와 계약했다.

아우스톨
전투를 좋아하는 정령이자, 영아의 총장. 반의 모친.

쌍둥이 여신
오리진의 쌍둥이 언니. 모든 것을 내다보는 여신 보르와 단죄의 여신 바르.

사우벨 반크라이프트
로벨의 동생. 공작가 반크라이프트가의 당주. 기사단 단장.

라필리아 반크라이프트
사우벨과 아리아 사이에서 태어난 외동딸. 견습 기사.

카이
알베르트의 아들. 엘렌의 호위로 임명된다.

라비스엘 랄 텐바르
텐바르의 국왕. 엘렌에게 「속 시커먼 사람」이라 불린다. 엘렌에게 참패한 과거가 있다.

가디엘 랄 텐바르
텐바르의 왕태자. 성실하고 언행이 부드럽다.

아기엘
라비스엘의 여동생. 사우벨과 이혼하고 왕가로 돌아왔다.

아미엘
아기엘의 딸. 교환학생으로 헬그너에 머물고 있다.

헬그너 로레 듀란
헬그너의 국왕. 텐바르를 매우 싫어한다.

유이
헬그너의 대장장이. 가족을 살해당한 과거가 있다.

테츠
헬그너의 대장장이. 유이의 호위로서 함께 지낸다.

인물 소개
character

프롤로그

정령의 여왕인 오리진이 임신한 사실을 알게 된 지 벌써 반년이 지났다.

언제나 평화로운 분위기를 띠고 있던 정령성은 현재 단단한 결계로 뒤덮여 삼엄한 분위기를 자아내고 있었다.

이 결계는 여신의 임신에 따른 입덧이 불러오는 주변의 피해를 막기 위한 것이었다.

대정령 이상의 힘을 가진 자가 임신하면, 결혼한 상대의 힘에 따라 다르긴 하지만 대체로 아이도 막대한 힘을 가진다.

그러다 보니 모체의 힘과 태아의 힘이 서로 부딪혀 충격파를 발하고, 주변 물건들을 모조리 파괴해버리는 것이다.

이것이 인간으로 치면 「입덧」이라고 불리는 현상이었다.

충격파가 모체에 영향을 주지 않는 경우도 있지만, 반대로 상처를 입히는 경우도 있다. 그렇게 되면 무사히 태어날 때까지 태아의 힘을 봉인하는 의식이 필요했다.

오리진의 경우는 엘렌 때와 마찬가지로 모체에 영향은 없었으나, 주변에 끼치는 피해가 만만치 않았다.

그 때문에 성을 중심으로 몇 겹이나 되는 결계가 펼쳐졌고, 거기에 더해 오리진 본인에게도 결계를 쳤다.

배 속 아이가 자랄수록 발해지는 충격파의 횟수는 줄지만, 한 번 한 번의 위력이 커진다. 오리진 주변은 결계를 지키기 위해 24시간 내내 정령들이 둘러싸는 상황이 되었다.

대정령끼리의 혼인에서는 서로의 힘이 너무나도 강한 탓에 임신이 상당히 힘들다고 하는 특징이 있었다.

그런 이유로 대정령 사이에서 태어난 아이는 극단적으로 적었다. 엘렌이 태어났을 때, 같은 세대가 반밖에 없었던 것도 그런 배경 때문이었다.

힘을 나누어주어 태어난 정령들과는 달리, 오리진의 임신은 엘렌과 같은 출산 방식이 되기 때문에 무슨 일이 일어날지 알 수 없었다.

다만 이번에는 여신 선정을 하지 않았기 때문에, 태어날 아이는 여신이 아니라고 오리진에게 전해 들었다. 그러나 오리진의 힘이 강하기 때문인지 매일 기운 넘치게 주변을 파괴해대고 있었다.

하지만 엘렌 때가 지금보다 더 심했던 탓에, 당시의 일을 아는 이들은 「참으로 순한 자제분이십니다」라며 연신 미소를 지었다. 반면 처음으로 겪는 엘렌은 「이게?!」라며 경악했다.

이 이야기가 나올 때마다 엘렌의 탄생 비화가 드러났고, 그때마다 몇 번을 사과했는지 모른다.

그래도 6개월쯤 되니 오리진의 입덧도 많이 진정되었다……라고, 주변 이들은 생각했다.

"하아아~ 한층 보동보동해져서 귀여워어어어~! ……크헉!"

어째선지 최근 들어 로벨이 뱃속 아이에게 치근거리면 충격파가

튀어나온다는 진기한 현상이 일어나고 있다.

로벨의 둔탁한 신음이 갑작스레 방에 울렸고, 놀란 엘렌의 어깨가 움찔거렸다. 이제는 곧바로 「또야?」 하고 생각할 정도로 익숙해지기는 했지만, 역시 심장에 안 좋았다.

아파서 몸을 웅크린 로벨의 등 뒤에서, 클리렌이 익숙하다는 듯 살며시 손을 가져다 대고 치료를 했다.

불러오기 시작한 오리진의 배가 사랑스러워 견딜 수 없는 로벨이 그녀의 배에 입맞춤을 하려다, 정통으로 충격파를 먹은 듯했다.

"어머어머, 오늘은 한층 격렬하네. 분명 로벨이 관심을 줘서 기뻐하는 걸 거야~."

"정말?! 기쁘지만 방심한 탓에 내 옷은 이미 넝마가 됐어!"

로벨은 자신을 지킬 겸, 오리진의 주변과는 별개로 엘렌과 스스로에게 결계를 쳐두었다.

그러나 매일 매일 강해지는 충격파의 위력은 때때로 결계를 관통하고 마는 모양이었다.

하지만 신기하게도 엘렌은 아무리 접근해도 충격파가 날아들지 않았다. 최근 들어서는 엘렌이 말을 걸면 희미하게 따뜻한 힘마저 느껴지게 되었고, 언제나 로벨만 너덜너덜해졌다.

'……말하지 말자.'

로벨이 지나치게 치근거린 탓에 이미 미움을 받고 있는지도 모른다고, 엘렌은 그렇게 판단했다.

*

그런 일상을 보내던 어느 날. 아침 식사를 하면서 단란한 시간을 보내고 있으려니, 임신한 후 식욕이 늘어난 오리진이 평소처럼 과자를 먹고 싶어 했다.

"다음은 과자가 먹고 싶어~~!"

"어머니, 한 번에 너무 많이 먹으면 힘들지 않을까요?"

"괜찮아!"

"입덧이 가라앉으면 식욕이 느는 일이 있다고 조산원에서 듣기는 했지만, 엘렌 때랑은 다르군."

"그러게. 어째서일까?"

로벨의 말에 오리진도 과거를 떠올리듯 천장을 올려다보면서 고개를 갸웃거렸다. 본인도 이유를 잘 모르는 모양이었다.

"저를 가졌을 때 과자를 먹거나 하지는……."

"않았지. 애초에 그때 나는 인간계에서 떨어져 있었으니까 과자 같은 건 없었어."

"엘렌 때는 과일뿐이었는데. 예전에 로벨에게 과자를 받은 적이 있기는 했지만, 엘렌이 만드는 정도로 맛있진 않았거든!"

이때라는 듯이 오리진은 엘렌의 과자가 얼마나 맛있는지를 역설했다.

"제 과자라기보다, 요리사들이 고생해서 만든 과자예요."

엘렌은 전생 전의 기억으로 대략적인 요리법을 생각해냈을 뿐이었다.

전생하기 전부터 그녀의 주변에는 요리를 잘하는 사람이 많았던 지라, 설거지를 돕거나 하면서 요리가 완성되는 과정을 자주 지켜보곤 했었다.

"저는 재료의 분량도 모르는데, 대략적인 이야기만으로 과자를 만들어내는 요리사들은 정말로 대단해요!"

엘렌에겐 연구자였던 기억이 있기에, 요리사들의 탐구심과 열의를 잘 이해할 수 있었다. 시행착오를 통해 완성되었을 때의 기쁨은 무엇과도 바꿀 수 없다는 것을 잘 알았다.

막연한 정보를 바탕으로 완성해내고 마는 요리사들의 노력과 지식에 경의를 표하며, 엘렌은 눈을 빛내면서 극구 칭찬했다.

그러나 로벨은 요리사들이 그녀에게 칭찬받는 것이 좋아서, 칭찬받고 싶어서 열심히 만들고 있다는 사실을 알았다.

"아니, 엘렌이 제안해서 만들어진 것이니 엘렌의 과자가 맞아. 게다가, 거기에서 파생된 것도 아주 많잖아?"

몬스터 템페스트 후의 텐바르는 희생된 사람이 많은 탓에 일손이 부족해서 부흥에 시간이 걸리고 있었다.

일손이 부족하다 보니 자연히 밀가루의 수확량도 적어졌다. 그런 상황이라 주식인 빵의 재료로 쓰기에도 부족해서 타국보다 과자를 만들 여유가 없었다.

그런 와중에 엘렌이 반크라이프트령에서 만들어내는 밀과 비트의 수확량이 해마다 증가했고, 비축할 여유도 생겼다.

그렇게 남은 밀가루로 지난 몇 년 동안 엘렌의 발안을 바탕으로 해서 다양한 요리를 만들어냈다.

고기와 채소를 조려서 파이를 만들거나 비트와 과일을 조려서 만든 잼을 소로 넣는 등, 그 발상은 가지를 뻗어나갔다. 그리고 현재 장인들은 새로운 빵과 과자를 만드는 일에 힘쓰고 있었다.

"원래는 환자분들이 먹기 편한 음식을 만들려던 건데……."

그렇다. 모든 것은 경영난에 빠진 반크라이프트를 돕기 위해, 그리고 치료원에서 환자에게 제공하기 위해서라는 지점부터 여기까지 비약했던 것이다.

설마 이 정도로 발전할 줄은, 얼마 전의 엘렌은 상상도 못 했으리라.

이야기의 방향이 치료원으로 향한 탓인지, 로벨이 무언가를 떠올린 것처럼 화제를 바꾸었다.

"아아, 그렇지. 사우벨이 사업에 관해서 물어보고 싶은 게 있다고 하던데. 나중에 얼굴을 비추러 갈까?"

"네!"

"나는 선물을 기다리고 있을게!"

기회라는 듯이 오리진의 얼굴이 환해졌다. 그 손에는 이미 쿠키가 들려 있었고, 맛있게 베어 물었다.

'어느 틈에!'

쓴웃음을 지으면서도, 엘렌은 주의 주는 걸 잊지 않았다.

"어머니, 급격한 체중 증가는 배 속 아이에게 부담이 된다는 모양이니까, 적당히 드시기로 해요."

"싫어어~! 나, 나 살쪘어?!"

당황한 오리진의 그 말에 무심코 오리진을 본 엘렌과 로벨은 고개를 갸웃거렸다.

"배는 불러오기 시작했지만…… 딱히 살이 찌진 않았네요."

"그러니까. 나로서는 사랑스러운 오리라는 점에는 변함이 없으니까 신경도 쓰이지 않지만, 배 속 아이에게 부담이 간다고 하면…… 응?"

거기까지 말하고서 무언가가 걸렸는지 로벨은 눈을 가늘게 뜨며 오리진의 배를 빤~히 바라보았다.

"아버지, 왜 그러시나요?"

"그러고 보니, 나에게 쏘아진 충격파가 점점 강해지고 있는데……."

"네에?"

"때때로 결계를 뚫기도 해서 간담이 서늘한데…… 설마?"

그건 이제 입덧이 아니라 의도적으로 로벨을 향해서 날리고 있는 것은 아닐까.

"크, 크고 있으니까 힘이 세진 걸 거예요! 그래서 어머니도 배가 고픈 거 아닐까요?"

"그게 맞네! 그럼 과자를 더 먹어도 괜찮은 걸까?!"

"자, 잠깐, 잠깐! 이 이상 힘이 강해지면 내가 다가갈 수 없잖아?!"

당황하는 로벨에게 오리진이 폭탄을 떨어뜨렸다.

"어머? 엘렌이랑 함께라면 분명 괜찮을 거야."

"……뭐?"

"충격파가 날아가는 건 로벨뿐인걸. 우후후."

"……."

"엘렌의 반항기는 두 살 때였는데, 이 아이는 정말 빠르다니까~!"

아아, 말해버렸다…….

엘렌은 두 살 무렵에 로벨의 끈질긴 애정 공세가 싫어서 전이를 익혀버렸다. 바로 그때와 같은 일이 일어나고 있는 것이리라.

"……뭐어어?!"

그 말의 의미를 이해하기까지 십수 초는 걸린 로벨은 테이블에 엎드려 훌쩍훌쩍 울기 시작했다.

아직 태어나지도 않은 아이의 반항기가 발각된 시끌벅적한 아침이었다.

제49화 왕이 보낸 편지

엘렌과 로벨은 아침 식사 후에 곧바로 방문 소식을 미리 알리고서 반크라이프트 저택으로 향했다.

침울해진 로벨을 위로하지도 않고 과자에 푹 빠져버린 오리진. 그런 그녀를 원망스러운 시선으로 보고 있는 아버지의 모습이 안쓰러워진 엘렌이 숙부님께 가자고 재촉했던 것이다.

어깨를 축 늘어뜨린 로벨은 안아 든 엘렌의 머리에 비비적비비적 뺨을 문질러댔다.

"우으…… 반항기가 너무 빨라서 슬퍼……."

"마침 자고 있는데 깨워버렸다든가, 그런 걸지도 몰라요."

잠투정을 부린 것인지도 모른다며 엘렌이 위로하자 로벨도 일리 있다고 납득했다.

"배 속에 있는 동안은 계속 자는 걸까?"

"어…… 그러고 보니, 어떨까요?"

둘이서 고개를 갸웃거리고 있으려니 로렌까지 두 사람을 보고 고개를 갸웃거렸다.

"어서 오십시오. ……무슨 일 있으십니까?"

"할아범, 안녕하세요!"

"하하핫, 엘렌 님은 오늘도 기운 넘치셔서 다행입니다."

"로렌, 뱃속의 아이는 계속 자고 있는 걸까?"

갑자기 로벨이 진지한 얼굴로 그리 묻자 로렌은 웃던 얼굴 그대로 굳어버렸다. 의미를 이해하는 데 시간이 걸리는 것이리라.

엘렌이 경위를 자세히 설명했지만, 제아무리 오랜 세월을 산 로렌이라도 신음할 수밖에 없었다.

"태어나서 눈을 뜨니까, 늘 자고 있는 상태이지 않을까요?"

"오호! 그것도 그런가!"

"자고 있는데 시끄러운 사람이 와서 칭얼거렸다…… 흠흠."

"시끄러운 사람?!"

엘렌의 말에 로벨이 충격을 받았다.

우연히 타이밍이 좋지 않게 겹쳐진 탓에, 반응하게 되어버린 것인지도 모른다.

엘렌 일행이 그런 이야기를 나누면서 사우벨의 집무실로 향하던 도중에 로렌이 웃으면서 말했다.

"역시 형제답군요. 얼마 전에 나리의 자제분이 마님 배를 찼지요. 그때 마침 배에 한쪽 귀를 대고 있던 나리의 놀란 모습이 무척 재미있었습니다."

사우벨과 결혼한 리리아나도 오리진과 같은 시기에 임신했다는 이야기를 전해들었다.

로벨과 마찬가지로 사우벨도 팔불출이 되어버렸는지, 타이밍 좋게 충격파처럼 「퉁!」 하고 갑자기 배를 차서 놀란 것이리라.

사우벨은 너무 놀란 나머지 뒤로 벌렁 넘어졌다고 한다. 그의 뒤통수엔 혹마저 생겼다고.

"뭐야, 사우벨 녀석은 소심하기도 하군."

본인의 일은 모른 체하며 하하하 웃는 로벨에게 엘렌은 말했다.

"오늘 아침, 어디선가 본 광경이네요!"

"엘렌?! 똑같이 취급하면 안 되지! 그 아이는 파괴력이 달라! 내 결계를 부순다고!!"

"하하핫, 그것참. 장래가 유망하군요!"

"아버지만 노리고 하는 것 같아요. 머리가 좋은 아이인 게 틀림없어요!"

"뭐라고?!"

로벨은 아침의 일을 떠올렸는지 훌쩍훌쩍 눈물을 흘리고는 엘렌의 뒤통수에 슬슬 뺨을 문질렀다.

"태동은 반년이면 느껴지나 봐요. 배울 게 많아요."

"그런 것 같습니다. 그 외에도 어머니는 딸꾹질 같은 것도 아는가 보더군요. 정말이지, 우리 남자들은 허둥대기만 할 뿐…… 이러한 걸 지금까지 몰랐습니다. 엘렌 님이 만드신 조산원 덕분에 남편이 육아에 매우 협조적이 되었다는 평판입니다."

귀족이라면 특히 그리 생각하리라. 게다가 남성 사회였던 역사 탓인지 남성이 육아를 함께한다는 것 자체에 저항을 느끼던 사람도 많았다고 한다.

그러나 최근에는 진찰을 받으러 온 부부에게 함께 반강제적으로 육아 교실을 수강하게 하고 있다고 하니 점점 변화해가리라.

'이것만큼은 뿌리 깊은 문제겠지…….'

귀족 대표로서 로벨과 사우벨이 솔선해서 이 조산원의 강습에 참여하여 배우고 있다.

텐바르는 몬스터 템페스트에 의해 희생된 자가 많다. 출생률이 올라가는 것은 국가에 있어서도 중요한 문제이기에 귀족이 본보기가 되어야만 했다.

게다가 사우벨의 부인이 임신했다는 소식의 영향으로 곳곳에서 베이비 러시의 기미가 보인다고 한다.

'왕족이나 귀족의 아이가 태어나면 베이비 러시가 일어난다더니, 정말이구나.'

치료원과 조산원에서는 얼굴을 내비친 사우벨에게 「저희도 아이가 생겨서~」라며 인사해 오는 사람이 늘고 있다고 들었다.

사우벨의 부인이 시정 출신이라는 것도 있어서, 귀족만이 아니라 시정의 백성들에게도 자신들 아이의 결혼 상대 후보로 여겨지고 있는 것이리라.

그러나 변함없는 사우벨의 둔감함이 발휘되어, 그저 아이가 생긴 사람들끼리 기쁨을 나누는 것으로 이야기가 끝나버리는 모양이었다. 여기에는 로렌도 쓴웃음을 지었다.

거기에 더해 텐바르의 왕태자인 가디엘이 반크라이프트령에 자주 나타나 치료원의 현재 상황과 출산이 얼마나 힘든 일인지를 배우고 있다고 한다. 그런 소문을 들은 여성들 사이에서 가디엘의 인기가 급상승 중이란다.

한 나라의 왕태자가 빈번히 치료원에 시찰을 오고, 게다가 조산원의 중요함을 배우고 있다— 이런 이야기를 들으면 백성의 일을 열심히 배우고 생각하며, 여성과 아이에게 친절한 분이라는 소문이 나는 것은 당연했다.

그렇게 되면 자연히 여성들에게 인기가 높아지는 것도 어쩔 수 없으리라.

'……울컥.'

그러한 생각을 한 엘렌은 어째선지 조바심이 나고 말았다.

'어라?'

가디엘의 일이 머릿속에 떠오른 순간 어째서 갑자기 조바심을 느낀 것일까? 자신의 마음을 알 수 없어 엘렌은 고개를 갸우뚱거렸다.

언제나 엘렌에게 보내지는 미소를 주변에 뿌려대는 모습을 상상했더니 어째선지 울컥하고 말았던 것이다.

'……기분 탓이야! 기분 탓!'

머릿속에서 가디엘의 웃는 얼굴을 쫓아내려고 엘렌이 고개를 좌우로 휙휙 젓자, 그녀를 안고 있던 로벨의 얼굴을 엘렌의 머리카락이 찰싹 때렸다.

"앗, 아버지 죄송해요!"

"우우…… 엘렌까지 반항기인 거야?! 으으으으윽!!"

"반항기는 아니지만, 자식한테서 벗어나 주길 바라는지라 그만 내려주셨으면 해요."

"싫어어어어어어어어어어어! 엘렌은 내가 계속 안고 있을 거야아아아!!"

"뀨우으으!"

놓치지 않을세라 힘껏 끌어안는 바람에 엘렌은 잔뜩 찌부러졌다.

"정말~! 저보다 아버지가 반항기인 것 같아요!"

"하하하하핫!"

시끌벅적한 엘렌 일행의 모습을 보며 지나쳐 가는 메이드들이 흐뭇하다는 듯이 미소지었다.

그런 시끌벅적한 소리가 안까지 들렸는지, 사우벨이 직접 집무실 문을 열고서 얼굴을 내밀었다.

"숙부님, 안녕하세요!"

"그래, 엘렌. 어서 오렴. 아침부터 활기차구나."

쓴웃음을 지은 사우벨은 그대로 집무실 안으로 돌아갔다. 엘렌 일행도 그 뒤를 따라 집무실로 들어가려 하던 때, 통로 저편에서 라필리아가 달려오는 것이 보였다.

엘렌과 눈이 마주치자 그녀는 만면에 미소를 띠고서 손을 휙휙 흔들었다.

"엘렌, 큰아버지! 어서 오세요!"

"라필리아!"

엘렌은 로벨의 팔에서 훌쩍 내려왔다. 엘렌이 두 팔을 펼치고 기다리자, 라필리아가 와락 안고 그대로 들어 올렸다. 그녀는 가벼운 엘렌을 안아 든 채 빙글 오른쪽으로 한 바퀴를 돌았다.

엘렌을 툭 바닥에 내려놓고, 두 사람은 서로 후후후 하고 마주 웃었다. 최근 두 사람이 빠져 있는 인사였다.

"엘렌, 오면 온다고 미리 말해줘야지!"

"미, 미안. 일단 연락은 했는데, 바로 와버렸어."

반이 카이에게 연락을 하는 방식으로 미리 방문 소식을 전하고는 있는데, 라필리아에게 연락이 닿기 전에 엘렌 일행이 저택에 와버린 모양이었다.

라필리아는 이제부터 훈련장에 가야만 하는지라, 엘렌 일행의 방문 소식을 듣고 엇갈리기 전에 서둘러 온 듯했다.

"이제부터 아빠랑 대화를 나누는 거면, 오후에는 놀 수 있어? 나는 오후에 한가하거든."

"응, 놀 수 있어!"

"만세! 그럼 이따 봐."

"응! 훈련 열심히 해."

그대로 달려가려던 라필리아는 순간 로렌의 눈이 번뜩이며 빛난 것을 깨닫고 조금 당황한 모습을 보였다.

라필리아는 그림으로 그린 것처럼 등줄기를 곧게 세우고, 새초롬한 모습으로 옷자락을 잡고 로벨에게 숙녀의 인사를 하고는 자리를 떠났다. 자리를 떠날 때도 사뿐사뿐 예의 바르게 걸었다.

그녀의 달라진 모습을 보던 엘렌은 하마터면 웃음을 터뜨릴 뻔했다.

라필리아가 통로 모퉁이를 돌아서 모습이 사라지는 순간, 엘렌을 향해서 윙크를 하는가 싶더니, 우다다다! 하고 기세 좋게 달려가는 소리가 들렸다.

"저 녀석, 일부러 시끄럽게 발소리를 내고 있군."

"예전 나리들과 똑 닮으셔서 애를 먹고 있습니다."

"어이."

로벨이 로렌을 찌릿 노려보자 로렌은「하하핫」하고 웃었다.

"아버지는 손이 많이 가는 아이였나요?"

"애를 먹게 한 일이 있었던가……?"

그런 대화를 나누며 집무실로 들어가 보니, 먼저 들어와 기다리던 사우벨이 쓴웃음을 지으며 직접 차를 준비하고 있었다.

복도의 소란스러운 소리가 안까지 들렸는지, 사우벨이 옛날이야기를 꺼냈다.

"형님이 애용하던 이불에 집착한 나머지, 원정 때까지 가지고 갔던 걸 기억하고 있습니다. 설득하려는 로렌에게 형수님께 맡겨두면 문제없다고 해서 곤란하게 했었죠."

"이봐, 옛날 일을 꺼내지 마. 오리한테 맡겨두면 짐도 안 되고 문제없을 거라고 생각했을 뿐이다."

"취침 시간 무렵에 요염한 형수님이 갑자기 등장하는 바람에 소동이 벌어져서 문제가 됐던 일이 있었다고 들었습니다만."

"뭐? 누구한테?"

"무스켈 교관입니다. 에둘러서 저도 정령과 계약한 건 아닌지 묻더군요."

무스켈 교관은 학원에서 기사과 교편을 잡고 있는 인물이다. 문제의 발단이 본인의 형이었다는 사실을 알았을 때의 부끄러움은 지금까지도 잊히지 않는가 보다.

"아버지, 그런 짓을 했던 건가요……."

"아무래도 원정에 가져가면 엉망이 될 테니까, 어쩔 수 없이 집에 두고 갔었어……."

"문제는 그 부분이 아니라고 보는데요."

엘렌이 어이없다는 얼굴을 하면서 로벨에게 말했다.

"형님 탓에 단체 행동 중에 쓸데없이 정령 소환을 해서는 안 된다는 금지 사항이 추가됐지. 그립네."

"그래도 가져갔을 게 눈에 빤히 보여요."

"형님, 들켰는데요?"

"그래, 그런 일이 있었지."

그러고 보니, 전에 이자벨라에게 들은 적이 있다.

로벨은 어릴 때부터 애용하던 이불을 무척 좋아해서, 그게 없으면 잠을 못 잤다고 한다.

그리고 낡아버린 그 이불은 후에 이자벨라의 손에 의해 베갯잇이 되었는데, 지금 그 베개는 엘렌이 애용하고 있다.

"아버지가 준 베개가 된 이불에는 그런 추억담이 있었던 거로군요~."

"……내가 줬던가? 엘렌한테 빼앗긴 기억밖에 없는데."

"세상에. 그 베개를 지금은 엘렌 님이?"

이 소식은 예상외였는지, 로렌이 놀랐다. 사우벨도 설마 엘렌이 마음에 들어 했을 거라고는 생각하지 못했던 모양이었다.

"안 돌려줄 거예요!"

"뭐어~? 그럼 가끔 낮잠용으로 같이 쓸까?"

"하하핫. 정말로 사이가 좋으시군요."

"후후후, 그렇지?"

그 베개는 원래 이불이었던 만큼 보통 베개보다 크다. 그래서 자주 로벨과 엘렌이 함께 낮잠 잘 때의 애용품이 되어 있었다. 그 모습을 본 오리진이 키득키득 웃으면서 두 사람에게 이불을 덮어주곤 했다.

그런 흐뭇한 이야기를 들은 로렌이 문득 무언가를 떠올렸다.

"엘렌 님이 반 님의 털에 파묻혀 복슬복슬을 즐기는 모습은, 마치 로벨 님의 어린 시절과 똑 닮았습니다."

그 말을 듣고서 이번에는 엘렌에게 시선이 집중되었다.

"……역시 부모 자식이네."

사우벨이 신묘하게 그런 말을 했다. 로벨에게 안정감을 주던 이불과 마찬가지로, 반의 털도 그런지 모른다.

'반 군의 털이……?'

"네에~?"

순수하게 복슬복슬한 털을 좋아하는 엘렌으로서는 조금 납득하기 어려웠다.

엘렌이 불만의 목소리를 내자, 로벨과 같다는 것을 불만스러워하는 거라고 받아들였는지 로벨이 소리쳤다.

"왜 싫어하는데?!"

충격을 받은 그를 보며 로렌과 사우벨이 웃었다.

*

그 후, 일에 관한 이야기를 시작하려 하자 사우벨이 먼저 편지를 건넸다.

"그 전에 이것부터. 폐하께 부탁받았습니다."

찍혀 있는 봉랍을 본 엘렌과 로벨의 얼굴이 동시에 일그러졌다. 언제나 문제를 불러오는 편지다. 이번에도 그런 예감이 들었다.

너무나도 똑 닮은 표정을 짓는 두 사람의 모습에 사우벨은 쓴웃음을 짓지 않을 수 없었다.

"자세한 건 편지에도 쓰여 있을 테지만…… 형님, 아기엘의 딸을 기억하십니까?"

"몰라."

로벨이 차갑게 즉답하자 사우벨은 「역시나……」 하고 한숨을 내쉬었다.

"아기엘과 그 딸이 현재 행방불명입니다. 나라를 배신하고 무슨 짓을 벌일 가능성이 있다고 폐하께서 말씀하셨습니다."

사우벨의 말에 엘렌은 기억해냈다. 아기엘이 집착했던 대상은 로벨이었다. 어쩌면…… 하고 곧바로 깨달은 엘렌은 아버지의 얼굴을 보았다.

로벨도 얼굴을 찡그렸지만, 사우벨은 엘렌을 보며 말을 이었다.

"형님만이 아닙니다."

"무슨 의미지?"

"헬그너가 돕고 있을 가능성이 높습니다. 폐하의 판단으로는 형님과 엘렌을 노리고 있을 거라고……."

엘렌과 로벨이 서로의 얼굴을 마주 보았다.

제50화 불온한 이웃 나라

로벨과 엘렌에게 편지가 도착하고 사흘 후, 갑작스럽게 정해진 회의를 위해 사우벨은 자신의 방문을 라비스엘에게 전해달라고 근위에게 부탁했다.

사전에 방문 약속은 했지만, 대기실에서 홀로 대답을 기다리는 것은 초조했다.

라비스엘의 일정이 밀려 있다는 연락은 받은지라, 사우벨은 시간이 걸릴 거라고 여기고 한쪽에 준비된 소파에 앉아서 깊은 한숨을 내쉬었다.

몇 년 전, 왕가에서 보낸 편지를 받고 라필리아가 불려 나갔다 유괴 사건에 휩쓸렸던 것을 떠올린 사우벨은, 라비스엘이 보낸 편지가 싫어졌다.

그 사건 이후 지령서조차 껄끄럽게 여기게 되었다. 희미한 두통이 일었지만, 얼굴에 드러나지 않도록 노력했다.

그러나 예상외로 근위로부터 금세 「폐하께서 만나겠다고 하십니다」라고 답을 주었다.

빠른 대응에 상당히 놀라며 허둥지둥 일어선 사우벨은 마음을 다잡았다.

"폐하, 사우벨 님을 모셔왔습니다."

"들여보내라."

문 너머에서 라비스엘의 목소리가 들렸다. 문 양옆에서 대기하던 근위들이 문을 양쪽으로 천천히 열었다. 그대로 안으로 들어가 인사를 하자 라비스엘은 실내에 있던 근위들을 대화 중에 물리지 않겠다고 사우벨에게 말했다.

"네."

이미 분위기는 긴장되어 있었다. 라비스엘은 로벨 일행을 불러달라고 사우벨에게 말했다.

"형님, 엘렌. 와주십시오."

사우벨의 말과 함께 상공의 중심 부분이 빛났다. 갑자기 출현한 마법진에서 로벨과 엘렌이 손을 잡은 채로 전이해 왔다.

둥실 내려선 두 사람은 아름답게 인사했다.

"오랜만에 뵙습니다. 폐하."

"그래."

엘렌의 인사에 라비스엘은 고개를 끄덕이며 미소 지었다. 로벨은 변함없이 뚱한 태도를 숨기지도 않았다.

"엘렌, 오랜만이다. ……여전하구나."

라비스엘은 엘렌의 모습을 보고 조금 쓸쓸한 듯 말했다. 그의 말에 엘렌은 아무 말도 하지 않았다.

엘렌과 라비스엘은 학원에서 소동이 벌어진 이후 오늘 처음 만났다. 그때부터 2년이 지나려 하고 있었다.

열네 살이 될 터인 엘렌은 서로 처음 만났던 여덟 살 무렵과 그리 달라지지 않았다. 그 사실을 누구보다 잘 알고 있는 것은 바로 엘렌 자신이었다.

라비스엘은 시선을 엘렌에게서 옆에 선 로벨에게로 옮겼다. 그런 로벨도 변함이 없었다.

그는 몬스터 템페스트가 일어난 열일곱 살 때부터 성장하지 않았으니, 두 사람의 특별함을 잘 알 수 있었다. 새삼 그들이 정령이라고 느낀 것이리라.

정말이지 로벨의 모습은 올해 열여덟 살이 된 가디엘의 외모와 거의 나이 차이가 나지 않았다. 라비스엘의 눈은 어딘가 먼 곳을 보고 있는 듯했다.

그러나 그런 모습도 순식간에 사라지고, 라비스엘은 로벨 일행에게 앉으라 권하더니 자신도 그 맞은편 자리에 앉았다.

"지금 가디엘을 불렀으니 잠시 기다리게."

"전하도 동석하는 겁니까?"

로벨의 질문에 라비스엘은 고개를 끄덕였다.

"사우벨과 가디엘, 그리고 내 동생이 이쪽의 지휘를 맡는다. 그것의 딸이라고는 해도, 일단 왕족이니까."

그것의 딸이라고 듣고 아미엘을 말하는 것이라고 바로 눈치챘다. 행방불명이라고 듣기는 했지만, 왕족이 노려지는 상황에서 왕태자가 지휘를 맡는다는 사실에 위화감을 느꼈다.

'뭔가…… 매우 안 좋은 예감이 들어…….'

라비스엘의 동생은 오르엘이라고 하며, 주로 외교관계를 담당하고 있다. 그 외교 업무를 옆에서 배우기 위해 가디엘도 동석한다고 한다.

왕태자로서 여러 방면에 대응할 수 있도록 하는 교육의 일환인 것이리라.

'힘들겠다…….'

엘렌도 정령의 공주라고 하는 입장이기는 했지만, 정령계의 환경이 언제나 느긋한 탓인지 이러한 상황에 처할 일은 없었다.

때때로 쌍둥이 여신으로부터 학원 관련이나 아크의 일에 동석을 요구받는 정도밖에는 기억에 없었다.

'어라? 아니, 그건 그것대로 큰일이었지…….'

그것들도 여신으로서의 힘을 개화하는 문제가 걸려 있던 것이라 엘렌의 교육을 위한 일이었다고, 지금이라면 이해할 수 있었다. 그러나 용케도 해결했다는 생각을 하지 않을 수 없었다.

'가디엘…….'

거기서 다시 가디엘의 웃는 얼굴이 엘렌의 머릿속을 스쳐 갔다.

최근 가디엘은 사업 이야기와는 관계없이 빈번하게 반크라이프트령에 출입하고 있다. 처음 소문이 돌았을 때는 시정에서 가디엘의 평판이 올라갔지만, 너무 자주 반크라이프트령으로 오는 탓에 가디엘이 의중에 둔 상대가 영지에 있는 것은 아닐까 하는 소문도 돌고 있다고, 바로 사흘 전에 들었던 것이다.

라비스엘이 보낸 편지를 받아 든 후, 영지의 치료원으로 향했을 때는 그 소문으로 자자했다.

엘렌과 사업 이야기를 하는 날보다도 빈번하게 영지에 출입하고 있는 모양이니, 어쩌면 정말로 그런 이유가 있는지도 모른다.

'……우웃.'

엘렌의 뾰로통한 모습을 눈치챈 라비스엘이 어라? 하고 조금 놀랐다.

"아직 가디엘이 어려운가? 공동 사업은 순조롭다고 보고를 받았는데."

"네?"

엘렌은 자신이 어떤 표정을 짓고 있었는지 몰랐다. 깨닫고 보니 로벨과 사우벨, 라비스엘의 얼굴이 이쪽을 향하고 있었다.

날이 서 있던 방의 공기가 어리둥절해진 탓에 흩어져 사라졌다.

"전하가 어렵다고요?"

"내가 물었다만. 녀석에게 그런 걸 줄 정도로는 가까워졌다고 여겼는데, 아니었나?"

"네? 아, 그건……."

"잠깐. 전하에게 뭘 줬다고?!"

전에 엘렌은 조사차 방문한 곳에서 발견한 정령이 가공된 거대한 조이사이트를 가디엘에게 주었다. 그 자리에는 로벨은 없었던지라 지금껏 모르고 있었던 모양이었다.

'말 안 했던가……?'

애초에 로벨은 조사에도 동행하지 않았다. 그래서 가르쳐줄 필요도 없다고, 다른 사람들도 그리 생각했는지도 모른다.

정령들은 물어보지 않으면 말할 필요가 없다고 여기는 면이 있는 것이다.

"뭘 준 거야?! 그보다, 어느 틈에 그런 사이가 된 거야?!"

"그, 그건 팁이라고 할까."

"팁?"

"뇌물이라고 할까……."

"뇌물?!"

"엘렌한테서 그런 말이 튀어나오다니……."

놀란 로벨과 어이없어하는 사우벨.

큭큭큭 하고 웃는 라비스엘은 실제로 그 조이사이트를 본 것이리라.

정령이 가둬진, 양손에 넘쳐날 만큼 커다란 조이사이트. 텐바르 왕족은 정령에게 다가가지 못하기에 더더욱 그 조이사이트 안에서 잠든 정령을 보고 모두가 감동했다.

지금은 왕족의 개인실로 이어지는 홀 중앙에 조이사이트를 보관할 수 있도록 만들고, 엄중한 관리하에 텐바르 왕족의 보물로 자리 잡게 되었다.

이윽고 홀은 새로운 기도 자리가 되었고, 가디엘, 라스엘, 시엘이 아침저녁으로 기도를 올리고 있다고 한다.

'어쩐지 엄청난 대우를 받고 있어!'

아우스톨 같은 경우엔 장식품 취급을 했었다. 물건의 가치라는 것은 가진 자에 따라 달라진다고 하지만, 새삼 그러한 장면을 마주

한 것 같은 기분이 들었다.

"그게 팁이나 뇌물이라고 해도, 터무니없군. 성을 지을 수 있을 텐데."

"대체 뭘 준 거야?!"

"저기…… 이 정도 크기의 보석 원석이에요. 몬스터 템페스트의 부산물이라고 할까요……."

엘렌이 양손으로 이 정도라고 크기를 가르쳐주자 로벨과 사우벨이 깜짝 놀란 얼굴을 했다.

"커!"

"솔직히 어떻게 해야 할지 곤란해서, 별문제 없겠지 하고……. 제가 가지고 있어본들 장식품밖에 안 될 테고요."

"별문제 없겠지, 정도로 될 문제야?!"

로벨의 딴죽이 날카로웠다.

확실히 그런 크기의 보석 원석이라면, 보통 귀족은 가공해서 왕족에게 헌상하리라.

엘렌의 태도로 라비스엘은 무언가를 눈치챈 듯했다.

"좋은지 싫은지 따지자면, 그런 걸 줄 정도는 된다는 건가. 그렇다면 조금은 아들에게 호의가 있다고 받아들여도 되겠나?"

"네……?"

앞으로도 잘 좀 부탁한다는 의미로 건넸을 뿐인데, 어째서 그런 이야기가 되는 걸까?

"싫은 게 당연하지! 그렇지?!!"

엘렌 옆에서 로벨이 참견했다. 그 말에 「그건 형님이죠」라며 사우벨이 어이없어했다.

"드릴 때 앞으로도 융통성 있게 부탁드린다고 했으니, 정말 뇌물 느낌으로 드린 겁니다만."

'으음~ 하지만 어느 쪽인가 하면, 뭐…….'

애초에 싫어했다면 아리아 때처럼 철저하게 가까워지기를 꺼려 했으리라.

지금은 이러쿵저러쿵 이야기를 듣거나 하고 있지만, 개인적으로 싫은 사람은 아니라는 것쯤은 이해하고 있었다.

오히려 이쪽에 대해 매우 진지했다. 예전 어린아이 특유의 분별없는 행동은 사라지고, 어른스러운 대응을 해준다.

왕가의 저주만 없었다면—. 가디엘의 성품은 카리스마가 있어서 사람을 끌어들인다. 지금도 반크라이프트령에서는 대인기다.

'울컥!'

다시 가디엘의 미소가 떠오른 엘렌은 울컥하고 말았다. 그 순간을 목격한 주변 사람들이 놀랐다.

"엘렌, 그 녀석이 무슨 짓을 했니?!"

"무, 무슨 말이세요? 아무 짓도 안 했어요."

"아니, 엘렌이 그런 표정을 짓다니, 무슨 짓을 한 게 틀림없어……!"

"제 얼굴이요?"

자각이 없었던지라 엘렌은 자신의 얼굴을 더듬더듬 만지며 당황스러워했다.

"뾰로통한 얼굴을 하고 있단다."

사우벨이 옆에서 지적하자 엘렌은 굳어졌다.

'확실히 아주 조금 울컥하긴 했지만…….'

가디엘의 미소가 머릿속에 떠오를 때마다 울컥한 표정이었다고 듣고, 엘렌도 난처해졌다.

"어라? 어째서……?"

"그건 우리가 할 말이야. 엘렌, 사업 이야기 중에 전하와 무슨 일이 있었니?"

사우벨이 걱정스레 물었기에 엘렌은 더듬더듬 설명할 수밖에 없었다.

"저기…… 아, 소문을 좀…… 들어버려서 그런지도 몰라요."

"전하의 소문이라고?"

"내 아들의 소문인가. 그건 꼭 들어야겠군."

흥미진진한 라비스엘의 모습에 엘렌은 저질러버렸다고 생각했다. 왕족의 가십 같은 것을 그대로 이야기해도 괜찮을 리 없었다.

그러나 엘렌의 당혹스러움을 개의치 않고, 라비스엘은 가디엘이 오기 전에 어서 이야기해버리라며 재촉했다.

"그게…… 전하가 반크라이프트령에 자주 온다고 들었는데……."

몹시 말하기 곤란했다. 어떻게 하면 좋을까 생각하면서 머뭇거리며 말하자, 라비스엘은 뭔가 짚이는 바가 있는지 「아아」 하고 말했다.

"치료사와 치료원 제도의 개정을 가디엘에게 맡겨뒀지. 반크라이프트령의 방식을 배우고 싶다면서 빈번하게 걸음하고 있나 보더군."

"네……? 그랬던 건가요?"

엘렌은 눈을 빠르게 깜빡이며 놀랐다. 제멋대로 퍼진 소문을 그대로 받아들여 버렸고, 가디엘의 사정을 생각하지 않았다는 사실을 깨닫게 되었다.

'가디엘이 치료원에 빈번히 출입했던 건 배우기 위해서였구나.'

엘렌 일행도 아직 치료원에 대해서는 시행착오를 겪고 있다. 환자의 중증도에 따른 진찰 순서와 약의 처방, 환자가 할 수 있는 범위의 일에 대한 알선 등, 다방면에 걸쳐 있었다.

엘렌과의 사업을 위해서만이 아니라, 왕태자로서 치료원에 자주 다니고 있었던 것이다.

'그렇구나……. 가디엘도 노력하고 있는 거야.'

아마도, 그저 억측일 뿐인 이야기를 백성들이 재미있어하며 퍼뜨린 것이리라.

그 순간 방긋방긋 웃기 시작한 엘렌의 태도에 로벨 일행은 당황했다.

"……그래서, 소문이란?"

"그게, 저…… 치료원에 오는 이유를 두고 심심풀이 삼아 이야기들을 하는 모양이라……."

그것만으로 분별없는 소문이라는 것을 알아챘는지 라비스엘이 훗, 하고 웃었다.

엘렌도 영지의 백성들과 마찬가지로 가디엘을 오해하고 있었다고 깨닫고 면목 없는 듯 고개를 숙였다.

사우벨은 자신의 영지에서 생긴 일인지라, 라비스엘에게 사죄의 뜻으로 고개를 숙였다.

그러나 라비스엘은 이 정도로 끝낼 만한 남자가 아니다. 싱글싱글 웃으면서 엘렌을 추궁했다.

"아들의 그런 소문을 듣고 뾰로통해졌다기보다, 가디엘에 대한 태도로 보였다만? 엘렌을 만나러 온 게 아니라는 걸 알았기 때문인가?"

"네……?"

그는 어째서 가디엘을 두고 뾰로통한 얼굴을 하고 있었는지 알고 싶은 모양이었다. 그리 지적을 받고 엘렌은 어리둥절해하며 눈을 깜빡였다.

울컥한 감정의 끝은 분명 가디엘을 향하고 있었다.

'나, 어째서 가디엘에게 울컥한 걸까……?'

엘렌은 말없이 「어라……?」 하고 말하며 고개를 천천히 기울였다. 엘렌의 곤혹스러움을 무시하고 옆에 있던 로벨이 으르렁거리며 이를 드러냈다.

"정령 치료사도 많은 치료원에 저주받은 자가 어슬렁거리면 신경 쓰이는 게 당연하지!"

"흐음. 가디엘은 사전에 확실하게 연락을 하고 방문하고 있다고 들었다만……. 하지만 지금은 치료원에 다니는 아들에 대한 엘렌의 태도를 두고 이야기하고 있는 거라네. 아들을 거북해하는 것치고는 보통은 생각하기 어려운 것을 줬지. 엘렌이 뾰로통해진 이유가 저주 때문이라고는 아무래도 생각할 수 없는데?"

테이블을 사이에 두고, 라비스엘 대 로벨의 전쟁이 촉발되었다. 마치 불꽃이 튄 듯한 기분이 들었다.

사우벨과 근위가 허둥지둥 말리려 했지만, 라비스엘이 매우 즐거워 보이는지라 말려도 좋을지 알 수 없어 당황할 뿐이었다.

"엘렌은 둔하니까, 그대로면 돼!"

"네? 갑자기 제 흉을 보는 건가요?"

"좋은 의미야! 엘렌은 이대로 있어줘!"

"……아버지, 저랑 따로 얘기 좀 하시죠."

"그런 무서운 말투는 어디서 배운 거니?!"

엘렌의 말투에 로벨이 충격을 받고 있으려니 근위가 보고를 해왔다.

"이야기 중에 실례합니다. 가디엘 전하가 도착하셨습니다."

"그래, 들여보내게."

로벨 일행이 자리에서 일어나 인사를 하며 들어오는 가디엘을 향해 마주 인사를 했다.

"늦어서 죄송합니다."

"그래. 이야기는 들었다. 앉아라."

"네."

가디엘이 고개를 든 순간 엘렌과 시선이 마주쳤다. 그러자 가디엘의 표정이 환하게 밝아졌다.

"엘렌, 오랜만이야. 나중에 사업 이야기를 했으면 하는데…… 응?"

로벨이 가디엘을 노려보았고, 사우벨은 어딘가 거북해 보였다. 라비스엘에 이르러서는 히죽히죽하며 가디엘을 보고 있었다.

엘렌은 여기서 소문을 폭로해서는 안 된다며 힘을 주어 입을 꾹 다물었다.

"호랑이도 제 말 하면 온다더니."

그런 라비스엘의 말에 당황한 가디엘은 당연하게도 상황을 이해하지 못하고 있었다.

"그래서, 치료원에 들락거리는 아들에 관한 소문을 들은 엘렌이 뾰로통해진 건 어째서지?"

본인을 앞에 두고도 라비스엘이 이야기를 멈추지 않자 엘렌의 얼굴은 새빨개졌다.

'여기서 다시 얘기를 꺼내다니, 속이 너무 시커멓잖아!'

"엘렌이 제 소문 때문에 뾰로통해졌다고요? 저기…… 내가 엘렌한테 뭔가 해버린 거야?"

가디엘이 눈썹을 축 늘어뜨렸다. 사정은 모르지만 뭔가 엘렌의 기분을 상하게 해버렸다고 생각한 듯했다.

그는 어깨를 축 늘어뜨리고 낙심한 태도로 엘렌을 보았다.

"그…… 아니, 저기…… 그게……."

당황한 엘렌이 더듬거리며 설명하려고 했지만, 어찌 설명하면 좋을지 알 수 있을 리 없었다.

가디엘이 치료원에 빈번하게 출입한 이유를 백성들이 제멋대로 추측해서 「왕태자가 좋아하는 사람이 치료원에 있는 걸지도?」라는 소문이 퍼졌고, 그 이야기를 듣고 울컥했던 거라고.

'가디엘의 미소에 여성들이 꺅꺅거렸고……. 어? 잠깐. 나는 어째서 거기에 울컥한 거지?!'

갑자기 엘렌의 얼굴이 새빨갛게 물들자 가디엘과 라비스엘이 놀랐다.

"에, 엘렌……?"

"아, 아니……."

뭔가 이상한 분위기가 되어가는 중에, 그사이에 불쑥 끼어드는 사람이 있었다.

"어이 어이 어이! 엘렌을 보지 마! 닳아!"

엘렌을 등 뒤로 숨긴 로벨이 가디엘을 위협했다.

"어린애냐?"

라비스엘은 어이없어했지만, 재미있는 걸 봤다면서 가디엘의 어깨를 툭 두드렸다.

"뭐, 자각은 없지만 가능성이 조금은 있는 것 같구나. 힘내라."

"네? 네에……."

이번에는 가디엘이 고개를 갸우뚱거릴 차례였다.

*

그만 이야기를 시작하자는 라비스엘의 말에, 조금 전까지의 부드럽던 분위기가 단숨에 긴장감 넘치게 바뀌었다.

"로벨은 됐고. 엘렌, 아기엘을 기억하고 있니? 내 여동생 말이다."

"알고 있습니다."

"편지에도 썼듯이, 그 애의 딸인 아미엘이 이웃 나라 헬그너에 2년 정도 유학을 가 있었다. 그런데 기일이 다 되어도 돌아오질 않는구나."

라비스엘은 미간을 찌푸리며 이야기했다. 다만 그 표정은, 제 조카의 안부를 걱정하고 있다기보다 이해가 안 된다고 말하는 표정이었다.

라비스엘은 가디엘에게 대신 설명하라고 말했다.

"아미엘의 유학은 헬그너 측에서도 동시에 하는 형태였습니다. 국경에서 두 나라가 동시에 서로 국경을 넘습니다. 유학을 마치고 돌아올 터였던 아미엘은 그곳에 나타나지 않았습니다."

말하자면 교환 유학이다. 서로 으르렁거리는 상태의 나라끼리는 한쪽만 일방적으로 유학을 보내지 않는다. 유학이라고 말하지만, 무슨 일이 벌어졌을 때를 위한 인질 교환이기도 한 것이다.

"……."

"서둘러 마법을 써서 헬그너와 연락을 취했습니다만, 대답은 그녀가 지정한 곳으로 향했을 거라고 하는 내용이었습니다."

예상했던 대답과 달리, 저쪽 담당자도 서둘러 조사를 시작했다. 그 당황한 모습에 오히려 이쪽이 놀랐다고 한다.

도중에 무슨 일에 휩쓸렸다고 한다면, 그 흔적이 남아 있을 것이다. 그러나 아미엘만이 아니라, 따르던 종자 일행까지 전부 사라졌다.

게다가 텐바르 왕국 내, 헬그너 측과는 반대 방향에 있었을 터인 아미엘의 모친까지 동시에 행방불명이 되었다.

라비스엘은 아미엘 일행의 행방을 쫓기 위해 헬그너와 공동으로 조사를 했으나, 아무것도 나오지 않았다.

모든 이들이 동시에 홀연히 모습을 감추고 말았던 것이다.

"폐하……."

가디엘이 말끝은 흐리며 망설이는 기색을 보였다. 가디엘과 라비스엘은 서로 얼굴을 마주 보았고, 라비스엘이 고개를 끄덕였다.

"숙모님이 사라졌을 때, 함께 있었던 선왕이 살해당하셨습니다."

"네?!"

그 순간 놀란 것은 엘렌뿐이었다. 로벨과 사우벨은 사전에 들은 듯했다.

"장례식은 하지 않는 건가요……?"

의문점을 그대로 말하자 「이제부터다」라는 답이 돌아왔다.

선왕이 살해당했다는 사실을 안 것은 지금으로부터 나흘 전. 편지를 받은 것이 사흘 전. 라비스엘은 곧장 엘렌 일행에게 연락을 한 모양이었다.

먼저 장례를 치르지 않았던 것은 아미엘의 실종과 선왕의 죽음을 핑계로 삼아 이웃 나라가 무슨 일을 벌이는 것은 아닐지 경계해서였다.

아미엘만이 아니라 아기엘까지 행방불명. 헬그너가 전쟁을 일으키려 하고 있는 것이라면, 아미엘만으로도 충분한 계기가 될 터.

그보다도 일부러 선왕을 살해하고, 아기엘을 데려갈 이유를 알 수 없었다.

"으음……."

무심코 엘렌도 신음하고 말았다.

아미엘이 지내던 곳에서 국경까지 약 이틀. 조사를 했다고 해도, 사정 청취까지 했다면 나흘로는 끝나지 않았으리라.

비밀리에 조사를 계속하고 있는 것 같았지만, 전서구를 통해 받은 보고서에는 목격자조차 찾지 못했다고 쓰여 있었다.

게다가 헬그너와 전쟁이 벌어지게 되면, 로벨의 협력이 반드시 필요했다. 라비스엘은 지금 쓸 수 있는 수를 다 썼을 것이다.

엘렌이 옆에 앉은 로벨을 보자, 팔짱을 끼고 다리를 꼬고 있었다. 왕족 앞에서 보일 태도가 아니지만, 지적하지 않는 것을 보면 로벨은 협력하겠다고 대답하지 않았는지도 몰랐다.

"저와 아버지를 노리고 있다는 건, 아기엘 님 일행이 행방불명되었기 때문인가요?"

"그래, 두 사람의 사체가 발견되지 않는 이상, 헬그너 쪽에 붙었다고 보는 편이 타당할 테니까. 그 두 사람이 원하는 건……."

힐끗 로벨에게 시선이 모여들었다. 그러자 로벨의 얼굴은 혐오감으로 가득해졌다.

"저기, 아버지를 노리는 건 이해되지만, 저는 대체……?"

"형님을 움직이게 하는 건 엘렌이잖니?"

"하지만 저는 전이해서 간단히 도망칠 수 있으니까, 저를 노리기는 어렵지 않을까요?"

"그렇지."

으음~ 하고 고개를 갸웃거리는 사우벨에게 라비스엘이 말했다.

"로벨의 약점이 엘렌인 것처럼, 엘렌의 약점도 로벨인 거지."

"네……?"

로벨과 엘렌은 서로의 얼굴을 바라보았다.

로벨이 몹시도 사랑하는 딸의 존재를 모를 리가 없다. 적의 약점으로 엘렌이 노려지는 것은 이해되었다.

하지만 마찬가지로 엘렌의 가족 사랑이 엉뚱한 결과를 불러오게 되어버린다면?

펠페드에서는 사우벨의 약점으로 아리아와 라필리아가 노려졌다. 엘렌이 무리라는 걸 안다면, 또다시 라필리아가 노려질 가능성도 있으리라.

하지만 전부 추측의 범위일 뿐이었다.

"게다가 헬그너는 정령 신앙국으로, 다른 나라와는 달리 정령을 받아들이는 방식이 독특하지. 엘렌을 원한다고 해도 이상하지 않아. 실제로 로벨 때나 학원에서 대정령 계약자가 나왔을 때도 그 힘은 자신들 것이라며 잘 이해할 수 없는 주장을 해왔었다."

정령을 신앙하고 있으니, 정령이 가져다주는 은혜를 자신들에게 환원하라고 말하기라도 하는 것일까?

'정령계에 있는 모두가 알면 큰일이 날 것 같은걸.'

무심코 엘렌은 먼눈을 하고 말았다.

'아무튼 정보가 부족해…….'

그래서 라비스엘은 이 자리에 엘렌을 부른 것이리라.

"벽에 부딪힌 상황이니 정령의 힘을 빌려줬으면 한다는 말씀인가요?"

"그래. 여전히 이야기가 빨라서 좋군."

그렇게 말하면서 라비스엘은 웃었다. 자신의 아버지가 살해당하고, 여동생과 조카가 행방불명이 된 사람의 태도가 아니었다. 오히려 어딘가 성가셔하는 듯했다.

입장상 속내를 들키지 않으려 하는 것인지, 아니면 정말로 어찌 되든 상관없다고 여기고 있는 것인지…….

이웃 나라는 라비스엘이 선전포고를 해주길 바라며 기다리고 있을지도 모르는데, 정작 라비스엘로서는 어찌 되든 상관없는 일이라고 한다면 참으로 얄궂은 상황이라고 할 수 있었다.

전쟁이 벌어지면, 군을 이끄는 것은 사우벨일 터였다. 그렇게 되면 사우벨을 걱정해서 로벨도 전쟁에 가담하리라.

'그렇게 되면…….'

고구마 넝쿨처럼 줄줄이 사건이 터지리라는 것을 이해한 엘렌은 나오는 한숨을 참을 수 없었다.

'지금 알게 된 것만이라도 정리를 해야 해.'

현재 비밀리에 아미엘의 행방을 쫓고 있다고 들었는데, 어째서 목격자가 아무도 없는 것일까?

적어도 아미엘은 타국의 왕족이다. 자칫하면 전쟁이 벌어질 수도 있는 상대니, 그야말로 진중하게 행동하리라.

종자들까지 전부 흔적도 남기지 않고 사라졌다고 한다면, 확실히 이해되지 않는다. 생각할 수 있는 것은 이웃 나라가 무언가를 숨기고 있으리라는 것이었다.

"으음~."

엘렌이 처음 아미엘을 가까이에서 본 것은 2년 전 아리아의 단죄 후였다. 시정에 있는 아리아의 본가인 식당에 갔을 때다.

그때, 아미엘은 말했다. 「마지막으로 확인하러 왔다」라고.

처음부터 이런 일을 꾸미고 있었기에 나온 말이라고 한다면.

이 나라로는 돌아오지 않겠다는 의지의 표현이었다고 한다면.

"전부터 계획했던 일일 가능성이 있습니다."

"뭐라고?"

"전에 아미엘 님은 마지막으로 확인하러 왔다며 반크라이프트령을 한 번 방문했습니다. 언젠가 유학을 마치고 돌아올 텐데, 마지막이라는 말을 쓸까요?"

"……확실히."

"잠깐. 엘렌, 그게 언제 있었던 일이니?"

사우벨이 놀라며 확인했다.

"2년 전에 라필리아와 함께 마을로 놀러 갔을 때 만났어요. 저는 그때, 누군지 잘 몰라서……."

엘렌이 거기까지 말하자 사우벨은 한숨을 내쉬었다. 라필리아와 함께 만났다는 말을 듣고 그때의 상황을 상상한 듯했다.

"아…… 엘렌은 놀랐겠구나. 그래서 기억하고 있었겠지?"

"네."

라필리아가 아미엘과 견원지간이라는 건 알고 있었던 모양이었다. 학원에서의 일들이 사우벨에게도 이미 전해졌던 것이리라.

라필리아는 싫어하는 상대와 만났다는 말조차도 하기 싫어하는 성격이니, 입을 다물고 있었을 게 틀림없다며 사우벨은 한숨을 내쉬었다.

라비스엘은 확실하냐며 엘렌에게 물었다.

"틀림없습니다. 게다가 라필리아에게 이제 두 번 다시 만나는 일은 없을 거라고도 말했습니다."

"……."

엘렌은 한숨을 내쉬었다. 그렇게 생각하고 일련의 흐름을 정리하면 이야기는 빠르다. 엘렌은 결론만을 전했다.

"아미엘 님은 아마도, 저쪽과 손을 잡을 셈으로 유학을 갔을 겁니다."

"아미엘이……?!"

가디엘이 놀랐다. 거기에 라비스엘도 동의했다.

"나도 엘렌의 생각에 동의한다. 그렇다고 하면 앞뒤가 맞아. ……아미엘은 가선 안 될 길로 들어선 거야."

"하지만, 그런 증거는 아무것도 나오지 않았습니다!!"

가디엘이 믿을 수 없다며 그리 주장하자, 엘렌이 「아무것도 나오지 않았기 때문입니다」라고 말했다.

의아한 표정을 짓는 가디엘에게 엘렌은 딱 잘라 말했다.

"그런 일행은, 처음부터 없었던 겁니다."

"처음부터 없었다고……?"

"타국의 왕족을 호위하는 일행입니다. 무슨 일이 생기면 곧바로 전쟁이 벌어질 테니, 호위가 고작 한두 명일 리는 없죠. 게다가 왕족 여성이 장거리를 말도 없이 걸어갈 수는 없습니다. 마차를 쓸 수 있는 길은 한정되어 있습니다. 그리고 그 길은 분명 인적이 많은 길이었을 거고…… 함구령을 내렸다고 해도, 백성의 입을 완전히 막는 것은 절대 무리입니다. 딱 좋은 이야깃거리니까요."

"……."

"첩자를 보내 정보를 모으려 했는데 아무것도 나오지 않았다. 처음부터 그런 일행 따위는 없었다고 생각하는 편이 이치에 맞습니다. ……아기엘 님이 사라진 것도."

"뭐?!"

그 말에는 모두가 놀람을 감추지 못했다. 라비스엘도 무언가를 눈치챈 것이리라. 그런 건가, 하고 신음하고 있었다.

"왕족인 자신이 행방불명이 되면, 양국의 긴장은 높아질 테죠. 상대국과 손을 잡고 일부러 그런 일을 벌인 거라고 한다면— 그러면 나라는 확실하게 어지러워집니다. 그걸 알면서, 소중한 사람이 어지러워질 나라에 있다고 한다면 어쩌시겠습니까?"

"……빼돌리겠지."

가디엘의 눈이 커졌다.

"그렇게 된 건가."

커다란 한숨을 내쉬고, 라비스엘은 소파에 등을 기댔다.

그러자 엘렌 이외의 이들은 침통한 표정을 지었다. 엘렌은 어찌 된 것인가 하고 고개를 갸웃거렸다.

"선왕이 살해된 이유를 드디어 알았다."

폐하가 엘렌 덕분이라고 말하자, 그녀도 의미를 이해하고 눈을 부릅떴다.

아미엘이 비밀리에 아기엘의 구출 작전을 계획하고 실행했다고 한다면, 아기엘과 함께 살던 선왕이 그 사실을 눈치채지 못할 리 없었던 것이다.

전부터 계획된 일이라면, 몇 안 되는 저택 사용인을 바꿔치기하는 것은 간단했다.

아기엘은 격리 후에도 포악한 태도를 보였다고 한다. 사용인들의 교체가 빈번한 것을 이용해서 제 사람으로 바꿔치기하고, 구출 작전을 결행.

"선왕이 저항한 흔적이 있었다. 그리고 아마도, 아미엘의 실종과 거의 동시에 벌어진 일일 테지. 하지만 예상외로 내가 보낸 부대가 일찍 도착했던 게 틀림없어."

아미엘의 정보를 이렇게나 감추고 있는데, 선왕의 사체만이 그대로 남아 있는 것이 이해되지 않았다고 한다.

발견 당시 선왕의 사체에서는 피가 미처 마르지 않은 상태였다고 보고를 받았던 라비스엘은, 한발 늦었다고 깨달았다.

적은 부대의 도착에 놀라 사체를 감출 틈도 없이 도망쳤으리라.

"그런……."

"이건 어디까지나 추측에 지나지 않지만, 그렇게 생각하면 앞뒤가 맞는다. 처음엔 헬그너가 전쟁을 벌이려고 아미엘을 숨긴 건가 했는데, 그렇게 되면 아기엘까지는 설명이 되지 않지. ……역시 아미엘은 전쟁이 목적인가."

폐하는 두통을 견디듯 미간을 문질렀다. 이제야 눈치챘는데, 라비스엘의 눈 밑에는 희미하게 다크 서클이 생겨 있었다.

지난 며칠, 문제가 잇따라 생긴 탓에 쉬지 못한 것이리라.

평소의 예민한 태도는 몸 상태가 좋지 않다는 사실을 들키지 않기 위함이었다는 것을 안 엘렌은 조금 걱정이 되었다.

"옆 나라는 어째서 이렇게 전쟁을 하고 싶어 하는 거지?"

로벨의 말에 폐하는 주저 없이 답했다.

"헬그너는 원래, 텐바르의 시조가 인연을 끊은 상대다. 우리 일족을 배신자라고 부르고 있지."

"배신자?"

"뭐, 아마도 선조가 무언가를 저질렀을 테지. 전례가 있으니까."

그리 비아냥거리는 라비스엘의 옆에 있던 가디엘은 침통한 모습으로 고개를 숙였다.

관계가 더욱 악화된 것은 텐바르 왕족이 저주를 받았다는 사실을 확실하게 알게 된 무렵부터라고 한다.

정령을 신앙하는 나라로서 이토록 증오스러운 상대는 없으리라.

그런 나라인데, 대정령과 계약한 자가 차례차례 나온다는 것도 아이러니한 일이었다.

"엘렌, 네가 베풀어준 은혜는 크다. 그걸 원하지 않을 나라는 없어. 아미엘은 모친을 괴롭혔다며 반크라이프트가와 왕가를 원망하고 있을 테지. 혹시 아기엘이 여전히 로벨을 원하고 있다고 가정해도 동기가 돼. 헬그너로서는 전쟁을 벌이려 해도 로벨이 방해가 되지. 그 대항책으로 아미엘이 이용된다고 한다면, 서로의 이해는 일치한다."

"그런 이유로……."

"아마도 아미엘은 스스로 인질이 되겠다고 교섭이라도 했겠지. 왕족이 상대 나라에서 인질이 되면, 아무리 영웅이라도 간단히 손은 댈 수 없다. ……그리 생각했을 거다. 어리석게도 말이지."

그런 말을 내뱉은 라비스엘은 명확하게 아미엘을 적으로 분류하고 있었다.

그 사실을 깨달은 가디엘도 각오를 다진 듯 눈을 감았다.

"편지류는 전부 조사했는데, 아미엘은 감시의 눈을 피해서 비밀리에 아기엘과 연락을 주고받은 모양이다. ……하지만 현재 소재조차 파악하지 못할 줄은."

명백하게 누군가가 끼어들어 방해를 하고 있다는 것 외에는 생각할 수 없었다. 이대로 관계가 악화되기를 바란다고 한다면, 의도한 대로다.

"꾀어내는 건 어떨까요?"

"……뭔가 좋은 생각이라도 있는 건가?"

빙긋 웃는 라비스엘을 보며, 엘렌은 한숨이 나올 것만 같았다. 처음부터 그것을 기대했음이 틀림없다.

그러나 전쟁이 일어나 소중한 사람이 상처를 입는다고 한다면, 이쯤은 별것 아니다.

아미엘의 목적이 정말로 로벨인지 어떤지 확실히 판단할 수는 없지만, 사리사욕을 위해 이런 짓을 벌인다고 한다면 용서할 수 없다고 엘렌은 마음을 다잡았다.

"상대가 입을 열고 싶어질 정보를 일부러 주는 겁니다. 그걸로 이것저것 알 수 있을지도 모릅니다."

엘렌은 계획을 이야기했다.

*

이야기가 길어진 탓에 어느새 해도 저물었고, 일단 해산하기로 했다. 라비스엘 일행은 지금부터 선왕의 장례 준비도 해야 했다.

로벨 일행이 퇴실한 후, 남은 가디엘은 침통한 얼굴로 한숨을 내쉬었다.

엘렌은 왕족인 아미엘이 배신을 꾀했다고 순식간에 간파하고, 그에 관한 정보 수집 수단을 제시했다. 역시라고 할지, 궁정에 있는 정령 마법사들조차 그런 수단을 취하는 건 불가능하리라.

엘렌을 적으로 돌린 순간, 무시무시한 꼴을 당하리라는 것은 이미 학습을 끝냈다. 그것을 새삼 다시 깨달은 가디엘과 근위들은 내심 오싹해졌다. 그저 라비스엘만이 기분 좋아 보였다.

아미엘이 반크라이프트가에 무언가 손을 쓰려고 한다면, 확실한 보복을 받으리라.

경우에 따라서는 아미엘 탓에 나라까지 엘렌의 보복을 받을 수 있다. 그것만은 피해야만 한다고 라비스엘이 말했다.

어떤 이유가 있든, 나라를 팔아넘겼다고 한다면 아미엘은 왕족으로서 단죄 받아야만 한다.

엘렌이 가져다준 정보로 그것이 확정되리라.

'적으로 돌리면 무서운 상대지만, 아군이면 얼마나 마음 든든한지…….'

자국의 적이 된 순간을 상상해보았다. 정보는 바로 새어 나가고, 정령 마법사를 내보내려 해도 오리진과 엘렌 앞에서는 전력이 되지 않으리라.

저쪽에서 일방적으로 마법을 쓴다면, 무기도 방어구도 통용되지 않는다. 식은 죽 먹기나 다름없었다.

방에서 조용히 대기하던 근위들도, 인간이 정령 앞에서 얼마나 무력하고 초라한 존재인지 통감했으리라. 모두 하나같이 안색이 안 좋았다.

"폐하, 엘렌은 대단하군요……."

"그래. 그 애만큼은 적으로 돌려서는 안 된다. 다만, 가까운 이들에게 지나치게 다정한 것이 결점이지."

"……."

가족보다도 나라를, 백성을 제일로 여기라 배워온 가디엘에게 그것은 부러운 일이기도 했다.

"엘렌은 대정령들을 거느린 입장이다. 협력을 바랄 수 있다면, 그렇게 강력한 아군은 없겠지. 엘렌이 움직이면, 자연히 로벨과 대정령도 따라온다."

"……네."

저주받은 자신의 몸이 원망스러웠다. 저주받지 않았다면, 함께 움직일 수 있었으리라며 가디엘은 주먹을 움켜쥐었다.

다음 회의는 선왕의 장례에 관한 것이었다. 이에 관한 것도 가디엘은 옆에서 배워야만 한다.

"에르네스트를 불러라."

"알겠습니다."

방에 대기하고 있던 근위에게 라비스엘이 명령했다.

"그렇지. 그리고 예의 그 천을 준비해라. 녀석이 올 때까지 쉬겠다."

그렇게 말하고 라비스엘은 다리를 늘어뜨리고 소파에 누웠다.

아버지의 그런 모습을 처음 본 가디엘은 조금 당황했다.

"아, 너도 좀 쉬어라. 한참 바빠질 거다."

"네. 그러겠습니다."

대기하고 있던 시종을 부르고, 라비스엘은 뜨거운 물에 적신 천을 짜서 눈 위에 올리더니 바로 잠들어버렸다.

가디엘도 근위들에게 고갯짓을 하고 조용히 옆방으로 이동해 휴식을 취하기로 했다.

시종이 가디엘에게도 뜨거운 물에 적신 천을 가져왔다. 가디엘은 그저 흥미 본위로 라비스엘과 똑같이 소파에 누워 천을 눈 위 올렸는데, 그 후로 기억이 없다고 한다.

제51화 정령들을 설득하다

회의 후, 엘렌 일행은 정령성으로 돌아왔다.

대정령들에게 설명하는 일은 로벨이 하고, 오리진에게 설명하는 일은 엘렌이 맡았다.

옥좌가 있는 곳으로 엘렌이 가보니, 옥좌 옆에 새로 설치된 소파에는 수많은 쿠션이 깔려 있었다. 그리고 그 속에 파묻힌 오리진이 느긋하게 앉아 있었다. 안정기에 들어서기는 했지만 방심할 수는 없다며, 정령들이 만반의 태세로 오리진을 둘러싼 채 대기하고 있었다.

"어머니, 몸은 좀 어떠신가요?"

"후후후, 오늘은 입덧이 거의 없었단다. 하지만 역시 배가 고파!"

오리진 옆에 앉아서 자그마한 생명에게 말을 걸었다.

"언니 왔어. 오늘은 착하게 있었구나."

배를 쓰다듬었다. 살짝 부풀기 시작한 배 속에 새로운 생명이 깃들어 있다고 생각하자 가슴이 벅찼다.

성별은 어느 쪽일까? 남자아이일까? 여자아이일까?

이랬으면 저랬으면 하고 미래를 상상하며 배를 쓰다듬고 있자, 아주 살짝 힘의 흐름이 느껴졌다.

"……어라?"

"후후후, 언니한테 칭찬을 받아서 기쁜 거니?"

오리진이 흐뭇해하며 말했지만, 엘렌은 잉태된 지 반년 만에 이미 힘을 다룰 수 있다는 놀람 쪽이 더 컸다.

"이 아이는 천재인가요?"

"어머나, 로벨이랑 똑같은 말을 하네."

"네? 그건 의외네요."

"어머, 어머."

최근에는 로벨과 닮았다는 말을 듣는 일이 많아졌다. 그때마다 의외라고 답하고 있는데, 로벨이 무척이나 기뻐해서 몹시 거슬렸다.

이 자리에 로벨이 없어서 다행이라며 엘렌은 내심 안심했다.

"그래서, 엘렌은 어떻게 하고 싶니?"

갑자기 본론으로 들어간 오리진의 말에 엘렌은 자세를 바르게 했다. 오리진은 수경으로 상황을 전부 보고 있었던 듯했다.

이것은 인간끼리의 문제다. 그러나 그 목적이 자신들이라고 확정됐을 때, 엘렌이 인간에게 어찌할 것인지를 오리진은 여왕으로서 묻고 있었다.

"인간의 문제는 인간이. 그 생각에 변함은 없습니다."

"그래."

"하지만 아버지와 저를 직접 노린다고 한다면, 그건 인간과 정령의 문제가 됩니다."

"……그렇지."

"하지만 사실은……."

"정령이 단죄를 내리면, 인간은 무사하지 못하지. 그걸 신경 쓰고 있는 거구나."
"네……."
"그 여자가 관계된 거라면, 지금 당장 내가 단죄하고 싶은 마음이지만……."
"아아아앗! 어머니는 안 돼요!"
현재 임신 중인 오리진이 인간계로 향하면, 힘이 폭주해서 무슨 일이 벌어질지 알 수 없다.
그렇지 않아도 지금 오리진의 주변 공기에는 고농도의 마소가 넘쳐흐르고 있다. 아크가 마소 상태를 확인하기 위해 정기적으로 찾아올 정도였다.
그 정도로 현재 오리진은 불안정했다.
"인간의 문제는 인간이. 실은 속 시커먼 분에게 협력을 받을까 해요."
"어머."
"2년 전에 언질을 받았습니다. 이런 때야말로 도움을 받아야죠!"
"후후후, 그거 잘됐구나! 수경으로 보는 즐거움이 늘겠어!"
오리진의 말에 엘렌은 웃었다. 어깨에서 힘이 빠지는 기분이었다.
인간과 정령, 그리고 여신으로서. 엘렌의 행동은 여신들이 지켜보고 있다. 그 어깨에 실린 중압은 헤아릴 수 없었다.
지금까지의 엘렌이었다면, 정령과 여신이라는 위치를 져버리고 가족에게 손을 대는 일은 용서하지 않겠다며 바로 행동에 나섰으리라.
그러나 세계를 지켜보기 위한 존재인 여신이라면, 모든 것을 평등하게 내다보아야만 한다.

'나는 인간계에 지나치게 관여하고 말았다고 봐…….'

세월이 흐를수록, 엘렌은 인간계에서 멀어지는 감각을 느끼고 있었다.

자신과 같은 나이인 라필리아와 놀 때, 자신을 지켜주는 카이의 키가 점점 자라서 올려다보는 각도가 달라져 갈 때.

오랜만에 만난 사람들을 크게 놀라게 하는 자신. 인간계에 있으면, 자신만이 홀로 남겨진 감각이 들었다.

엘렌은 성장하지 않는 자신의 몸을 내려다보며 한숨을 내쉬는 일이 늘어가고 있었다.

생전 인간이었던 감각이 방해를 해서, 정령으로서의 자각이 따라가지 못하고 자신이 인간이라고 착각하고 만다.

오리진은 여신으로서, 그리고 어머니로서 엘렌의 갈등을 눈치챘다. 그래서 지켜보고 있는 것이다.

여신으로서 각성한 지 2년. 진정한 각성도 했지만, 아직 그로부터 반년밖에 지나지 않았다.

이제 그만 각오하지 않으면 안 되는 지점까지 와 있었다.

'그래도, 나는…….'

성의 발코니로 나와서 엘렌은 밤하늘을 올려다보았다.

인간계와 정령계의 차이는, 한마디로 말하자면 달의 개수 정도일까.

인간계의 달은 하나, 정령계의 달은 둘. 두 세계는 올려다보는 세계도 다른 것이리라.

'어느 세계든, 나한테는 소중한데…….'

흐릿해져가는 옛 기억을 떠올려보려 하지만, 이제 더는 잘 떠오르지 않았다. 그래서 슬펐다.

'전부, 지킬 수 있으면 좋을 텐데…….'

하늘에서 내려다 본 세계에는, 무언가 차이가 있을까?

*

엘렌이 실내로 돌아오자, 마침 대정령들을 설득하는 일을 마치고 돌아온 로벨과 딱 마주쳤다.

"아버지."

"여어, 내 귀여운 공주님."

머리 위에 입맞춤을 받은 엘렌이 간지러워하고 있으려니 로벨이 「오리한테 설명은 끝냈니?」 하고 물었다.

"네. 아버지 쪽도 끝났나요?"

"물론이지. 다들 협력적이었어."

"……네?"

엘렌은 고개를 갸웃거렸다. 엘렌과 로벨이 정령이라고 하지만, 그 친족인 인간에 대해서는 과거의 불화로 인해 신랄한 의견을 가진 자가 많았다.

그렇기에 모두가 협력적이라고는 생각할 수 없었다. 적잖이 옥신

각신할 거라며, 그 자리는 로벨에게 맡겼던 것이다.

며칠은 다투리라고 생각했는데 어떻게 한 걸까?

자신의 궁금증이 얼굴에 드러났는지, 로벨은 웃으면서 상황을 차례대로 가르쳐주었다.

"엘렌이 영지에서 재배하고 있는 게 있잖아? 그 덕분이란다."

엘렌은 눈을 깜빡였다. 아무래도 바로 이해되지 않은 듯했다.

"아버지, 설마……."

"이것 참~. 그렇게나 다들 마음에 들어 할 줄은 몰랐어."

로벨 자신도 이렇게까지 효과를 발휘하리라고는 생각하지 못했나 보다.

그렇다는 건, 그 보상을 위해 한동안은 온 저택이 달콤한 냄새로 가득해져야 한다는 뜻이리라.

"냄새가 가득해지면 저택만이 아니라, 주변 사람들까지 찾아올 텐데……."

"음~ 곤란하네!"

냄새에 낚인 자들이 흥미를 가지면 수습이 되지 않아 큰 소동이 될 수 있다.

그렇지 않아도 반크라이프트가는 비밀리에 만들고 있는데.

그건 그때 가서 생각하자고 이미 각오한 것인지, 로벨은 딱히 무언가 대책이 있는 것 같지도 않아 보였다.

어떻게 하면 좋을까 궁리를 하던 중에 엘렌은 문득 떠올렸다.

"수확제라는 걸로, 차라리 축제를 열까요?"

"수확제?"

"풍작을 축하하는 축제예요. 정령들에게 감사하는 마음으로 기도하기 위해서, 풍작이 된 작물로 음식이나 술을 만들어 바치고, 그리고 자신들도 먹고 축하하는 거죠. 그때 함께 만들어버리면, 냄새를 조금은 얼버무려서 교란시킬 수 있지 않을까요?"

"아, 그거 좋은걸!"

내일 당장 사우벨에게 제안하자며 로벨은 활짝 웃었다.

"그건 그렇고. 아버지."

"응? 왜 그러니?"

"정령들을 과자로 낚는 건 그만둬 주세요. 반크라이프트가의 요리사들이 힘들어지잖아요. 사전에 설명해서 협력을 얻은 다음에 제안하셔야죠!"

"윽…… 미안, 미안!"

사실 오리진을 비롯한 정령들은 과자를 매우 좋아해서, 과자 이야기가 나오면 먹고 싶다며 몹시 흥분하고 만다.

다만 오리진이 과자를 먹으면 태아에게도 어떤 영향이 있는지, 평소에는 잦아든 충격파가 일어나기 쉬워진다. 그 모습은 마치 기뻐하는 것처럼도 보였지만, 뭔가 영향이 있으면 어쩌나 하고 엘렌은 걱정하지 않을 수 없었다.

오리진 주변에서 결계를 유지하고 있는 정령들도 마음을 놓을 수 없으리라.

엘렌은 어이없어하면서도, 정령들에게 나눠줄 과자 양을 파악하기 위해 로벨에게 누가 협력해주기로 했는지를 물었다.

*

얼마 전의 일이다.

로벨은 커다란 공간에 대정령들을 모으고, 상황을 설명한 다음 협력을 구했다. 그러나 인간과의 불화는 뿌리 깊었고, 협력하자고 제안한 것은 엘렌과 사이가 좋은 몇 명뿐이었다.

광범위한 나라의 정보를 구해야 하는데, 몇 명만으로는 아무래도 불안했다. 그렇게 생각하고 있으려니, 대정령 중 한 명이 발언했다.

"애초에, 어째서 우리가 인간 따위를 상대로 그래야 하는 겁니까? 공주님에게 손을 대려 한다면, 놈들 따위 단숨에 없애버리면 되는 게 아닙니까?"

"맞습니다. 정말이지 성가시군요."

"애초에 공주님이 인간을 편드는 건, 인간계에 자주 가기 때문이 아닐까요? 인간계에 가지 않으면 인간도 손을 못 댈 겁니다."

"공주님은 여신이 되실 분. 인간만 편애한다면 앞으로가 불안합니다."

대정령들의 주장은 타당하다며 로벨은 수긍했다.

그러나 자신의 영지 사람들이 전쟁에 휩쓸리면, 구할 수 없게 된다며 로벨은 심각하게 이야기했다.

평소의 표표한, 무심한 태도와는 다른 로벨의 심각한 표정에 대정령들은 의아해했다.

"구할 수…… 없게 된다고?"

뭘? 하고 대정령들이 고개를 갸웃거렸다. 인간계에 뭐가 있었느냐며 서로 질문하지만, 모두가 고개를 가로로 흔들 뿐이었다.

"엘렌에게 부탁을 받아서, 프랑과 오푸스트가 영지에서 키우는 작물이 몇 가지 있지. 그리고 니젤과 레겐, 보덴과 리히트가 관여하고 있고. 그 외에도 정령계에서만 재배하고 있는 것도 있었던가?"

"……그게 어쨌다는 겁니까?"

"그걸 써서, 무얼 만든다고 생각하나? 가끔 엘렌이 모두에게 맛을 보여주고 있을 테지. 그래…… 과자다."

엘렌이 어렴풋하게 기억하는 요리법을 저택 사람들에게 가르쳐주어 완성된 산물. 요리사의 시행착오로 진화를 이룬 그 과자들은, 지금은 다양하게 배포되고 있었다.

설탕의 원료가 되는 작물을 영지에서 재배하고, 그리고 곡물에도 힘을 쏟는다. 정령들의 협력으로 풍작이 된 덕분에 보존도 할 수 있게 되자, 과자는 계속 만들어지고 진화해갔다.

엘렌은 그 일을 도와준 것에 대한 답례로 정령들에게 과자를 나눠주곤 했다. 이 달콤한 과자에 푹 빠진 정령들은 때때로 엘렌에게 조를 정도가 되었다.

그러나 엘렌은 일하지 않는 자는 먹지도 말라는 정신으로, 도와준 정령과 신세를 진 정령에게만 과자를 주었다.

즉, 엘렌을 도우면 과자를 받을 수 있는 뜻이다. 실은 과자를 노리고 엘렌에게 뭔가 도울 일이 없느냐고 묻는 자도 많았다.

"뭐, 뭐라고요……?!"

"이대로 전쟁이 벌어지면, 우리 영지 사람들은 최전선으로 보내질 테고, 작물을 키울 수 없게 되지. 물론, 이 과자를 만드는 자도 마찬가지다. 그렇게 되면 한동안…… 아니, 전쟁으로 요리사가 죽기라도 하면 두 번 다시 만들지 못할지도 모르겠군."

로벨은 고개를 좌우로 저으면서, 체념한 듯 무거운 한숨을 내쉬었다.

정령의 힘을 빌릴 수 없다면 어쩔 수 없는 일이라며 로벨은 방에서 나가려 했다.

"자, 잠깐 기다려주십시오! 로벨 님!"

당황한 정령들이 보지 못하게, 로벨은 싱긋 웃었다.

"과자를 만들 수 없게 된다는 게 정말입니까?!"

"이 무슨 일인가…… 그 점만큼은 인간을 높게 평가하고 있었는데……!"

"그럴 수가, 아무도 만드는 법 같은 건 모른다고! 엘렌 님이 가져다주시는 홍차랑 쿠키라는 것이 요즘 최고의 즐거움인데……!"

"그래, 맞아. 과자의 재료인 비트는 술의 원료이기도 하지."

현재는 보드카 등을 중심으로 다양한 것이 만들어지고 있다.

술의 제조는 국가의 허락이 필요하기 때문에 반크라이프트령에서는 만들지 않았지만, 엘렌은 만들 줄 안다고 말했던 것을 로벨이 기억하고 있었던 것이다.

"뭐라고—?!"

과자에 흥미가 없었던 정령들이 소란스러워졌다.

술렁술렁 소란스러워진 대정령들을 로벨은 다시 한번 몰아붙였다.

"협력해준 자에게는 엘렌에게 부탁해, 과자 세트나 술을 보수로 줄까 하고 있어."

"뭐라고요?!"

"세, 세트……?! 그건 즉, 다양한 종류의 과자를 한꺼번에 받을 수 있다는 건가요?!"

다급하게 물고 늘어지는 정령들을 보며 로벨은 싱긋 웃었다.

"그래, 엘렌에게 전하지."

"아아~ 멋져!"

"찻잎도 부탁하고 싶은데!"

"술을 마실 수 있어!"

이미 숭배할 듯한 기세로 엘렌의 인기가 치솟았다.

정령은 거의 먹지 않기 때문에, 식사의 즐거움을 잘 몰랐다.

그러던 중에 조금이라면 먹을 수 있을지도 모른다며 선물로 가져온 엘렌의 과자는, 정령계에서 혁명과 같았던 것이다.

*

이야기를 들은 엘렌은 제 아버지의 두 뺨을 꽈아악 꼬집었다.

"아퍄, 아퍄아퍄! 헤렌!!"

"정말이지! 아버지는 멋대로 그런 약속을 하고!! 술은 특히 안 된다고 말했잖아요!"

"미얀, 미얀!"

알코올은 소독액도 되니 치료원에서 쓸 수 있지 않을까 생각했던 적이 있다.

그러나 아무래도 술 제조는 나라의 허가가 필요한 일이라 라비스엘이 나서게 되는 것은 필연적이었다.

게다가 지금 이상의 바쁜 일정이 사우벨에게 덮쳐들리라. 아이가 생겨 가족 단란하게 지내고 싶어 하는 사우벨에게 그 사실을 전하는 것은 너무한 일이라며, 엘렌은 로벨에게만 언급해두었던 것이다.

로벨도 라비스엘과 얽히고 싶지 않은지라, 당시에는 그렇구나 하고 흘려 넘겼었다.

"……그래서, 결국 몇 명이 도와주기로 했나요?"

뺨을 놓아주고 위협적으로 버티고 선 엘렌을 보며 로벨은 양쪽 뺨이 빨개진 채로 식은땀을 흘리며 말했다.

"그게…… 아주 많이?"

"네?"

"쉰…… 아니, 백?"

"네에에?!"

정령이 정령을 부르고, 일을 도와주면 과자나 술을 보수로 받을 수 있다는 소문이 순식간에 퍼졌다고 한다.

"……혹시 전원이라는 건가요?"

"아마도?"

헤헤헷 하고 웃는 로벨의 정강이를, 엘렌은 일단 「에잇!」 하고 가볍게 찼다.

그러자 당연하게도 아팠는지, 로벨은 다리를 끌어안고 주저앉아 부들부들 떨었다.

역시 급소다.

"우으…… 폭력에 호소하다니, 라필리아에게 나쁜 영향을 받은 건가!"

"무슨 소리세요! 이런 이야기를 하면, 과자를 못 받게 된다며 초조해진 어머니가 뛰쳐나올 거 아니에요?!"

"아……."

아무래도 정말로 잊고 있었는지, 로벨도 안색이 창백해졌다.

정령 사이에서 소문이 돌고 있는 거라면, 이미 큰 소동이 벌어졌으리라.

오리진도 과자 세트를 갖고 싶어 할 터다. 하지만 임신 중이라 인간계에 갈 수도 없으니, 도우려고 해도 도울 수가 없었다.

과자를 먹고 싶다며 짜증을 내서 충격파를 포함한 폭주를 일으킬지도 모른다며 두 사람은 창백해졌다.

두 사람은 마음을 단단히 먹고, 사정을 설명하기 위해 옥좌가 있는 방으로 향했다.

*

정령의 조력을 얻을 수단을 정한 로벨과 엘렌은 다음 날 사우벨에게 설명을 했다.

정령이 과자와 술에 사족을 못 쓴다는 사실을 들은 사우벨은 쓴웃음을 지었다.

"형수님이 푹 빠질 정도의 과자니까요. 저택 사람들도 냄새가 나면 들떠서 술렁술렁합니다."

"대량으로 만들게 되면 냄새가 진동을 할 거다. 그러면 주변이 소란스러워지겠지."

"네. 수확제라는 건 좋은 방법이라고 생각합니다. 다만……."

"응? 아, 장례식이 있는 건가."

경우에 따라서는 시기가 겹치고 만다. 상을 치르는 기간은 3년이다. 그동안에는 축제도 못 하리라.

"아니, 그 일 말인데……."

"왜 그러시나요?"

어제오늘 사이에 그쪽에도 무슨 일이 있었던 것인가 하고 엘렌은 고개를 갸웃거렸다.

"매장만 비밀리에 내일 진행한다고 합니다. 그리고 이 문제가 끝난 후에 식을 치르겠다고 하셨습니다."

"시신이 없는 채로 식을 치르는 건가요?"

"그래. 유행병이라는 걸로 해서, 먼저 화장했다고 알릴 거라는구나."

"아하……."

이 세계에서는 매장이 기본이지만, 유행병인 경우엔 화장하게 되어 있다.

"그렇다면 들키지 않도록 오히려 축제를 대대적으로 여는 편이 좋을지도 모르겠군."

사람들 입을 막는 데도 한계가 있고, 불온한 분위기라는 것은 어디선가 새어 나가 전염되어간다.

그것은 딱히 텐바르에 국한된 이야기가 아니다. 전쟁 준비 중일 가능성이 높은 헬그너에서 온 여행자, 상인…… 그런 자는 특히 나라의 정세에 민감하다.

반크라이프트령은 엘렌의 약을 원하며 찾아오는 병자나 부상자가 많다. 그러나 제대로 된 치료를 받을 수 있다는 희망이, 환자들을 밝게 만들고 있다.

"비축과 보존식 교체를 목적으로 한 수확제여도 괜찮을지 모르겠네요."

"과연…… 확실히 비축해둔 양을 생각하면 겨울을 나도 다 소비하지 못할 거야."

춥든 덥든 쑥쑥 자라는 신기한 특징을 보이는 반크라이프트령의 작물들.

연중 수확할 수 있어서 농가는 정신없이 바쁘지만, 엘렌은 밭을 쉬게 하는 것도 필요하다고 설득했다.

재배 장소를 정기적으로 바꾸고, 수확을 마친 밭에 엘렌은 자운

영을 심으라며 씨앗을 건넸다.

이 씨앗은 오리진이 창조하고 프랑과 오푸스트가 품종을 개량해 준 것이다.

이것을 밭 전체에 심고, 꽃이 피면 모두가 그 아름다움에 감탄했다.

"풋거름이라고 해요. 그 외에 토끼풀 같은 것도 좋을지 몰라요."

토끼풀이나 자운영이 밭 가득 자라난다. 그런 다종다양한 밭도, 최근에는 반크라이프트령의 명물이 되어가고 있었다.

"수확제가 개최된다고 하면, 가을인가. 토끼풀은 아직 피어 있던가? 자운영은 가을에 씨앗을 뿌리는 거였지?"

"네. 자운영은 겨울을 넘기고서 봄에 핍니다."

"그런가…… 꽃을 보러 오는 사람도 만들 수 있지 않을까 했는데, 축제에 집중하는 편이 좋을 것 같구나."

예상외로 사우벨은 의욕적이었다. 그 사실에 로벨과 엘렌은 놀라 눈을 휘둥그레 떴다.

이웃 나라 건도 있어 매우 바쁜 사우벨은, 더 바빠질 거라고 말하며 머리를 끌어안을 거라고 생각했었다.

"의외로 사우벨은 축제를 좋아했던 건가."

"네? 아니…… 그, 그렇죠?"

어딘가 모호한 사우벨의 반응에 엘렌은 무언가를 눈치챈 듯 눈을 번뜩였다.

"숙부님의 경우엔 금강산도 식후경…… 포장마차나 과자가 목적이신 거 아닌가요?"

"크읏……!"

"뭐야, 아직 어린애구나."

로벨이 그렇게 말하며 웃었다. 애라는 말을 들은 사우벨은 「나는 서른이나 됐는데……」 하고 조금 부끄러운 듯이 중얼거렸다.

사우벨은 가리는 게 많았고, 고기와 과자 종류만 즐겨 먹는지라, 요리사들이 시행착오를 겪고 있다고 한다.

그래서 파이지로 감싸거나 빵 사이에 닭고기를 끼워 넣고 달콤한 양념을 뿌린 것 등, 채소를 듬뿍 넣으면서 먹기도 좋은 메뉴를 엘렌이 고안해냈다.

고기와 함께라면 편식이 심한 사우벨도 잘 먹는다. 이 메뉴들은 요리장이 눈물을 흘릴 정도였다.

이 달콤한 양념을 뿌린 빵은 사우벨이 아주 좋아하는 음식이 되었다. 그것과 비슷한 음식들이 포장마차에 새롭게 등장할지도 모른다며 사우벨은 두근두근 설레하고 있는 것이다.

"하지만, 그 전에 소식을 알리고 재료를 조달해야 해요."

"그렇지. 무얼 준비하면 되겠니?"

"밀가루, 설탕, 고기랑 과일…… 아무튼 많을수록 좋을 거예요."

"그래. 그리고 주조에는 뭔가 필요한 게 있을까?"

"불과 물의 정령이 있으니까 그들의 도움을 받을 생각이에요. 저쪽에도 술을 만드는 정령이 있으니까요. 정령 입맛에 맞는 술을 만들기 위한 거라고 하면, 술의 정령도 와줄 거라고 보거든요."

"정말로 정령은 편리하구나……. 그럼 재료 제공만 하면 되는 거니? 일정을 조금 더 세세하게 짜보자꾸나. 그리고 형님이 폐하께 전달하고 오시겠습니까?"

"……어째서 내가?"

"가장 빠르다는 이유도 있습니다만, 술을 만들려면 폐하의 허가가 필요합니다."

"윽……."

정령에게 전달할 것이라고는 해도, 비밀리에 주조한 사실을 들키면 큰일이 난다. 로벨 탓에 이렇게 되어버렸으니 당연하다며, 엘렌과 사우벨이 뚱한 눈으로 그에게 무언의 압박을 가했다.

그 후, 로벨이 바로 왕성으로 전이한 것을 지켜본 엘렌과 사우벨은 재료 조달을 위해 로렌까지 불러서 여기저기로 심부름꾼을 보냈다.

"대량으로 와인을 구입하고 싶은데, 어느 귀족한테 사는 게 좋을까?"

"나리께서는 한잔할 마음으로 가득하시군요."

"음…… 안 되나?"

"축제를 진행하셔야 하니 많이 드시면 안 될 것 같습니다."

"크으읏……."

분한 기색이었지만, 사우벨은 저택 사람들과 마을 사람들에게 대접하기 위해 와인을 통으로 구입하고 싶다고 했다.

예상보다 큰일이 될 것 같았던지라 엘렌도 주조를 도와줄 정령과 교섭을 하고 오겠다며 정령계로 일단 돌아가려 했다.

그러던 때, 로벨이 돌아왔다. 그 손에는 주조 허가증이 들려 있었고, 두 사람은 라비스엘의 결단에 놀랐다.

"아…… 그런데, 미안."

"네? 왜 그러시나요?"

"아니…… 우리 영지 축제라는 걸로…… 그……."

"……뭔가를 넘기라고 하던가요?"

"입회? 라던가 뭔가를, 참가시키라고……."

"……돈 냄새가 난다느니 하면서, 전하를 보내겠다고 하던가요?"

"윽! 어떻게 알았지?!"

정말로 돈 냄새가 난다는 말을 들었나 보다. 가디엘도 엘렌과의 사업으로 생산한 것을 소개하거나, 팔 곳이 생긴다며 의욕을 보였다고 한다.

"그렇게 나오는 건가~."

설마 왕족이 참가하리라고 누가 생각할까.

아니나 다를까, 경비 관계 등으로 기사단이 힘들어질 거라는 사실을 깨달은 사우벨의 안색이 안 좋아졌다.

"사우벨, 미안하다."

"으윽……."

"장례식은 괜찮은 건가요……?"

"아, 그건 그 녀석을 포함한 몇 명만 몰래 참석한다더군. 오히려 전하가 이쪽에 있는 편이 교란 가능할 거라며."

"아~ 과연……."

"그럼 공공연하게 하는 게 아니라, 저택 주방을 좀 빌려서 같이 과자를 만들어달라고 할까요?"

라필리아와 카이 일행을 불러서 이것저것 만들면 재미있을지도 모른다.

"……엘렌은 그런 부분에서 전혀 주춤하질 않는구나."

"음? 그럼요. 쓸 수 있는 건 뭐든 써야죠!"

엘렌이 주먹을 불끈 쥐며 주장하자, 옆에서 「우리 딸은 강하다니까~」라는 딸바보 발언이 돌아왔다.

나중에 라필리아와 카이에게 상담했더니, 의외로 라필리아가 의욕을 보였다.

"좋았어. 녀석을 밀가루투성이로 만들어줄 테다!"

마음 든든한 선언에 엘렌은 무심코 박수를 치고 말았다.

제52화 수확제

드디어 과자 만들기가 시작되자 마을 전체가 축제로 시끌벅적해졌다.

포장마차와 장식 등의 준비 단계부터 사람들이 몹시도 들떴다.

사우벨은 기사단의 경비, 로벨은 주조를 위한 대량의 비트를 정령계로 운반, 로렌은 와인을 요소로 옮기는 지휘를 맡는 등, 저마다 바빴다.

그런 중에 엘렌은 저택 주방에서 앞치마와 삼각건을 장착하고 준비를 하고 있었다. 이 앞치마는 전에 이자벨라와 함께 만든 것이었다.

지금은 라필리아도 똑같은 앞치마를 하고 있다. 둘이서 과자를 만들 때는 언제나 이 차림이다.

엘렌과 라필리아는 저택 요리사들과 함께 며칠 전부터 과자에 쓸 과일잼과 고기 밑간 등의 작업에 몰두했다.

굽는 데 아무래도 시간이 걸리기 때문에, 쿠키 등 오래 보관할 수 있는 것은 먼저 대량으로 만들어두었다.

포장용 왁스지와 냅킨으로 쿠키를 싸고 리본을 다는 등의 과정을 메이드에게 맡기고, 공장 컨베이어 같은 작업을 계속했다.

오늘은 낮부터 마을 쪽에서 수확제 개시가 선언된다. 그전까지, 오전 중에 오래 보관하기 어려운 고기 등을 쓴 파이류를 만들기로 되어 있었다.

가디엘은 당일에만 도울 수 있다며, 아침 일찍부터 반크라이프트 저택에 와 있었다.

오늘부터 저택 사람들도 축제에 참가할 수 있도록 한지라 사람이 적었다.

엘렌은 사람이 적은 이 시간에 가디엘을 불러서 함께 요리 작업을 하기로 한 것이다.

"나, 나는 요리를 해본 적이 없는데…… 괜찮을까?"

카이에게 건네받은 앞치마를 라베가 펼치더니 빠르게 가디엘에게 입혔다. 익숙한 그 모습에 호오~ 하고 엘렌이 가만히 감탄했다.

멤버는 엘렌, 라필리아, 카이, 가디엘과 카르였다. 카르는 등 뒤에서 리본을 묶지 못해서, 이쪽도 라필리아가 묶어주고 있었다.

"어, 어울리려나……?"

부끄러워하며 가디엘이 엘렌에게 확인했다.

"어울려요! 모두 똑같네요!"

방긋 웃는 엘렌을 보며 가디엘이 기뻐했다.

"카이, 리본이 삐뚤어졌잖아."

카이의 앞치마는 등 뒤의 리본이 삐뚤어져 있었고, 라필리아가 바지런히 고쳐주었다.

"정령에게 부탁하는 일인 만큼 성의가 있어야 한다고 생각했어…… 내가 만들어도 받아줄까?"

어깨를 축 늘어뜨리며 풀죽어 그런 말을 하는 가디엘에게, 라필리아가 기세등등하게 말했다.

"내가 같이 만드는 거니까 맛있을 게 당연하잖아! 우중충하게 굴지 마!"

"헉……! 라필리아! 전하께 무슨 소리를 하는 거야!"

라필리아가 당당하게 한 말에 카르가 당황하며 나무랐다. 그 말을 들은 가디엘은 놀라 조금 멍하니 있었다.

대기하고 있던 메이드와 요리사들은 벽 쪽에 선 채, 안색이 창백해졌다. 카이는 늘 있는 일이라며 태연했다.

다 함께 펠페드로 향했던 후부터, 엘렌 일행 사이에서는 격이 없는 분위기가 생겼다. 일국의 왕자에게 이렇게 면전에서 말할 수 있는 것은 라필리아나 엘렌 정도일지도 모른다.

"쿠키가 저주받으면 제 눈엔 보이니까, 당연히 빼낼 건데요?"

"아앗……."

엘렌의 당연한 말에 가디엘이 쿠웅— 하고 충격을 받았다.

"엘렌은 나보다 가차 없구나……."

"음? 그, 그런가?"

깔깔 웃는 라필리아의 모습에 가디엘은 조금 충격을 받은 듯했지만, 「반죽을 만지지 않으면 괜찮을 거야!」라며 바로 극복했다.

"……뭔가 맷집이 세졌는걸."

라필리아의 말에 가디엘은 웃었다.

"나한테 고개를 떨구고 있을 틈은 없으니까. 게다가 이런 기회, 두 번 다시없을 테니까."

상냥한 가디엘의 모습에 메이드들과 요리사들이 눈을 휘둥그레 떴다.

텐바르 왕족은 과거의 악연으로 반크라이프트령의 사람들에게 적대시되었다. 전 영주와 로벨도, 아기엘이 원인이 되어 몬스터 템페스트 때 전선으로 보내졌던 것이다.

반크라이프트가의 아가씨들에게 제멋대로인 말을 듣고 있는 왕자의 모습에 무어라 말하면 좋을지 알 수 없게 된 것이리라.

그러나 가디엘의 시선이 줄곧 엘렌을 향해 있고 행복해 보이는지라, 주변 사람들은 점점 따뜻한 눈으로 지켜보게 되었다.

"그럼, 오늘은 파이를 잔뜩 만들 거야!"

"네에~!"

라필리아의 선언에 엘렌이 기운차게 대답했다.

사과와 호박, 고구마를 달게 조리는 일은 메이드들과 엘렌 담당이었다.

나머지는 파이 생지 담당이다. 차례차례 파이를 만들면 요리사들이 굽는 것으로 일을 분담했다.

가디엘의 호위들에게는 밀가루 자루를 나르게 했고, 가디엘과 요리사들에게는 밀가루를 체에 치는 작업을 맡겼다.

라필리아와 요리장이 밀가루에 버터를 넣었는데, 버터는 깍둑썰기해서 섞었다. 조금씩 물을 더해가며 생지를 반죽하는 작업을 해나가는 라필리아의 모습은 매우 그럴듯해 보였다.

도중에 로벨을 불러서 마법으로 얼음을 만들게 했고, 그 얼음의 산을 카이와 카르가 부수기 시작했다.

“생지를 반죽하면, 사람의 체온으로 부드러워지고 말거든. 그래서 차게 만들기 위해 얼음을 채운 상자 안에 넣고 적당하게 생지를 방치하는 거야. 이렇게 하면 버터 층이 생겨서 바삭바삭해지지.”

버터는 지나치게 섞지 않는 게 비결이라고 말하면서, 라필리아는 척척 생지를 밀대로 밀고는 겹쳐서 다시 미는 작업을 몇 번이고 반복했다.

“세상에…… 과자 만드는 게 이렇게나 힘든 일이었나.”

쉼 없이 계속되는 작업, 섞을 때는 힘도 필요하다. 많은 인원분을 만들려고 하면, 그만큼 조리 기구도 무거워져서 들어 올리는 것만으로도 고생이었다. 그래서 요리사 중에는 근육질 남성이 많은 것인가 하고 묘하게 감탄하고 있었다.

“이 조리도구는 검보다 무거워…….”

평범한 롱소드의 무게는 2킬로그램도 안 된다고 들었다. 큼직한 철 프라이팬만으로도 3킬로그램은 나가리라.

여기에 재료를 잔뜩 넣으면, 더욱 무거워진다. 그걸 장시간 휘두르며, 정해진 시간 안에 대량의 요리를 만들어야만 하는 것이다.

“맞아. 기사는 검을 휘두를 수 있도록 단련을 하잖아? 요리사도 프라이팬을 들 수 있도록 근육을 만들지 않으면 안 돼. 의자에 앉아 있으면 나오는 요리를 당연하게 생각하면 안 된다고!”

“고마워. 큰 공부가 되었어.”

가디엘도 즐거워하며 밀가루 범벅이 되어갔다. 그는 생지를 만지지 않겠다고 말했지만, 아마도 손을 베이거나 하지 않으면 문제는 없을 거라고 엘렌이 이야기해주자 기뻐했다.

"엘렌, 조림 완성됐어?"

"응! 마시써!"

"정말~ 또 먼저 맛보기야?"

엘렌은 메이드들에게 「아아~」 공격을 받고 있었다. 엘렌이 맛있게 먹는 모습이 보기 좋아서 메이드들도 무심코 계속 먹여주게 되고 마는 것이다.

쓴웃음을 지으며 라필리아도 시식을 하려고 했더니 엘렌이 「아아~」 하고 라필리아에게 먹여주었다.

그걸 본 가디엘과 카이가 눈을 부릅떴다.

"나, 나도 먹어보고 싶은데."

쑥스러워하며 그리 말한 가디엘에게 주변 사람들은 하나같이 존경의 시선을 보냈다.

옆에 있던 카이가 가디엘을 찌릿 노려보는지라, 가디엘도 지지 않고 마주 노려보았다.

"저 두 사람은 참 알기 쉽네~."

카르가 어이없어하며 그런 말을 중얼거리고 있으려니, 엘렌에게서 칼같은 대답이 돌아왔다.

"시식이라면 그릇에 담아서 다른 사람에게 전달하게 할게요."

옆에서 오물오물 씹고 있던 라필리아가 무심코 뿜을 뻔한 것을 참느라 고생해야 했다.

접근할 수 없으니 당연한 대답이었지만, 그 말을 들은 가디엘은 그게 아니라고 말하고 싶은 듯이 어깨를 축 늘어뜨렸다.

"아~ 공주님은 진짜로 가차 없네……."

카르가 쓴웃음을 지었다. 카이는 자신에게는 해주지 않을까 하고 시치미를 떼며 엘렌 곁으로 다가갔다. 그러나 여기, 하고 숟가락을 건네받는 것으로 끝나고 말았다.

"좀, 웃기지 마……! 아하하하하!"

카이마저 격침된 것을 본 라필리아가 대폭소했다. 엘렌은 어라? 하고 고개를 갸우뚱했다.

상황을 전부 지켜본 메이드들과 호위들은 「그게 아니야……!」「아아~예요! 엘렌 님!」 같은 말을 소곤거렸지만, 엘렌에게는 전혀 통하지 않았다.

*

무사히 완성된 파이를 잘라서, 과자를 만들었던 모두가 함께 시식회를 했다.

본인이 만드는 걸 도운 음식이 좋은 냄새를 풍기고 있다는 사실에 가디엘은 감동했다.

"정령의 은혜를 받은 땅에서 백성이 정성 들여 키운 밀이, 수많은 공정을 거쳐서 매일의 양식이 된다. 이거야말로 모두의 덕분이야. 아주 훌륭해."

가디엘은 일을 도와준 사용인들에게 고맙다며 감사 인사를 했다.

사용인들은 아기엘과는 전혀 다른 가디엘의 태도에 감격했다.

"자, 어서 먹어봐요! 갓 만든 걸 맛보는 건 만든 사람의 특권이니까!"

"갓 구운…… 멋진걸."

왕족인 가디엘은 언제나 기미가 끝난 후에 식사를 하기 때문에 대체로 차가워진 음식을 먹는다고 한다.

반크라이프트에 왔을 때는 바로 옆에서 기미를 하는지라, 비교적 따뜻한 상태로 먹을 수 있다며 기뻐했던 것을 기억하고 있다.

포크를 찔러 넣자 바사삭 하는 소리가 들렸다. 그대로 잘랐더니 파이에서 김이 피어올랐다.

다 함께 간단한 기도를 올리고 입에 넣은 순간, 그 맛에 모두가 신음했다.

"마시써어~!"

엘렌이 만면에 미소를 지으며 기쁜 듯이 그리 말하자, 모두가 고개를 끄덕였다.

"직접 도와서 만든 걸 이렇게 맛보는 건…… 감동적인걸."

파이를 맛있게 먹은 가디엘은 「정령들도 좋아해 줄까?」 하고 조심스럽게 엘렌에게 물었다.

"문제없어요!"

척하고 엄지를 치켜세운 엘렌을 보며 가디엘은 기뻐하며 웃었다.

*

영주가 제안한 수확제는 마을 주민들에게 충격으로 다가왔다.

축제라며 그저 신이 난 아이들도 있지만, 순수하게 축제의 의도를 물으니 수확을 축하하며 정령에게 감사하는 자리라는 설명이 돌아왔다.

만든 과자를 정령에게 바치면서 감사의 말을 전하는 것이라고 설명하자, 꼭 하고 싶다며 모두가 나섰다.

게다가 남은 재료와 음식은 다 함께 마음껏 먹어도 좋다는 말에, 내켜 하지 않던 사람들도 참가하고 싶다며 신청했다.

당일엔 약간의 혼란도 있었지만, 여성과 아이들은 과자와 요리를 만들고, 남성들은 화덕에 쓸 장작을 모으거나 하며 바빴다. 모두 협력해서 음식과 술을 준비해나갔다.

소문을 들은 다른 영지의 사람들이 놀러 오거나, 상인들도 가판을 열었다.

마을이 평소보다 훨씬 시끌벅적해졌고, 사람들의 활기로 가득해졌다.

마을 중심에 간이로 제단을 만들고, 사우벨의 지시에 따라 수많은 과자들이 차려졌다.

"풍요를 가져다준 정령들에게 감사를. 여신에게 기도를 올리자!"

사우벨의 말에 모두가 무릎을 꿇고 한마음으로 기도했다.

이 영지는 여러 어려움을 겪었지만, 정령의 가호를 가진 영웅이 돌아온 후로는 행운이 이어지고 있었다.

그중에는 죽을병에 걸린 채, 마지막 희망에 매달려 이 땅에 발을 들인 자도 많았다.

목숨을 구해준 약을 만들어준 것은 영웅과 그 딸인 정령 공주라고, 지금도 줄곧 그리 여겨지고 있었다.

"지겐 반크라이프트!"

정령에게 사랑받는 토지, 은혜의 대지라는 의미로 누군가가 외쳤다.

그러자 차례차례 지겐! 이라는 목소리가 터져 나왔다.

영지 사람들은 정령에게만이 아니라, 영주에게도 감사를 외치고 있었다.

여기에 사우벨이 부드럽게 활짝 웃었다.

엘렌은 뒤에서 그 모습을 몰래 지켜보며 살짝 힘을 썼다.

전에 로벨과 사우벨의 결혼식에서 했던, 다이아몬드 샤워를 공중에 흩뿌린 것이다.

공중에서 반짝반짝 빛을 반사하는 무언가가 내려오자 주위 사람들은 눈을 크게 뜨며 놀랐다.

그것은 사람들에게 가까워지자 공중에 녹아들듯 사라졌다.

마치 푸른 하늘에서 쏟아진 눈 같았다.

그리고 하늘을 올려다보던 자들은 문득 깨달았다. 공물이 순식간에 아무도 모르게 사라졌다는 것을.

"어라……?!"

카이와 함께 나타난 짐승의 모습의 반이 놀란 사람들 앞으로 나서더니, 정령 대표로 인사를 했다.

『우리는 너희의 기도를 받았다. 그 마음, 잊지 않겠다.』

카이의 정령은 대정령이라는 소문이 있었지만, 그다지 사람들 앞에 모습을 드러내지 않았다.

일반 정령과는 다른, 신성한 반의 모습에 마을 주민은 두려움을 느꼈다. 그것을 빠르게 알아챈 반은 용건을 마쳤다는 듯이 전이해 사라졌다.

그 모습을 눈앞에서 목격한 주민들은 이내 흥분하며 기뻐했다.

그 모습에 쓴웃음을 지으며 사우벨은 소리쳤다.

“정령님도 기뻐해 주셨다! 오늘은 경사스러운 날이다! 모두 즐거운 마음으로 먹도록!!”

와아아아아아아!! 하는 환성이 반크라이프트령을 가득 채웠다.

*

영지의 모두가 만들어준 많은 과자의 산을 공중에 띄운 채 엘렌은 커다란 홀에 있었다.

과자 냄새에 낚인 정령들이 넘쳐날 듯 모여들었다.

“저기. 과자를 가져왔는데, 아버지가 말씀하셨던 정보 수집을 도와주는 건 누구인가요?”

보수를 앞에 두고 엘렌이 고개를 갸웃거리자 모두 일제히 번쩍 손을 들었다.

마치 군대처럼, 동시에 빠르게 올라오는 손을 보며 엘렌의 뺨이 살짝 굳어졌다. 솔직하게 음식의 마력은 무섭구나…… 하고 생각했다.

그렇게 반크라이프트가 주최했던 정령에게 감사하는 자리는. 매년 열리게 되었다.

*

준비는 힘들었지만, 대정령들의 협력을 얻을 수 있게 된 이상 이야기는 빨랐다. 로벨은 바로 그 뜻을 라비스엘에게 전했다.

"이쪽 준비는 마쳤습니다."

"그런가. 마침 이쪽도 매장이 끝난 참이다."

이웃 나라가 전쟁을 벌이기 위해 아미엘을 이용하려 한다면, 반드시 움직이리라. 아니, 움직이지 않을 수 없다고 해야 할까.

아미엘이 불필요하다고 판단되어 살해되어도, 그뿐인 일.

저주받은 자라는 것만으로, 그것은 표적이 된다.

정령들은 아미엘과 접촉할 수 없으니 직접 전이해 이쪽으로 데리고 돌아오는 것은 불가능하다. 우선 위치만 특정하기로 했다.

그 후 다시 근위들을 전이해서 데려가고, 아미엘의 양옆을 호위해 감싼 다음 그 호위와 함께 간접적으로 전이시켜 데려온다고 하는 방법을 쓸 예정이다.

"폐를 끼치는군."

사람을 전부 물렸기에 방에는 로벨과 라비스엘뿐이었다. 그런데도 솔직하게 감사의 뜻을 전하는 라비스엘을 보며, 로벨은 눈을 크게 부릅떴다.

엘렌과의 일전을 치른 후부터 라비스엘은 이렇게 로벨에게 솔직한 태도를 보였다. 그러나 그는 오랜 세월의 원한이 다 사라지지 않은 상태라 여전히 당혹스러움을 느끼지 않을 수 없었다.

라비스엘은 서재 책상 앞에서 서류와 격투를 벌이고 있었다. 언제 와도 일을 하고 있다. 지금은 아미엘 탓에 헬그너와 관련된 성가신 일이 늘어났으리라.

눈 아래에 있는 다크서클의 존재가 한층 더 눈에 띄었다.

"솔직히 말해서, 예전의 너라면 아기엘과 모두를 그 자리에서 처리할 거라고 생각했다. 그릇된 길로 들어선 아미엘은 우리의 도움 따위는 바라지 않을 테지."

"그렇겠지요. 망설임 없이 처리했을 겁니다."

"정말로 너는 달라졌어. 그때 이미 여왕이 존재했던 걸 생각하면, 역시 딸의 존재가 널 변하게 한 건가?"

"그렇게 말하자면, 폐하도 변하지 않았습니까?"

"……그렇군."

자각이 있었는지, 로벨의 말을 듣고 2년 전 엘렌과의 일을 떠올린 모양이었다.

"자각이 있다니 놀랍군요."

"엘렌에게는 이겼어도, 왠지 진 것 같아."

"후후, 그것참."

"뭐, 헬그너도 이기지 못하겠지."

"당연합니다."

"내가 맛본 공포를 녀석들도 맛보라고 해."

큭큭큭 하고 웃는 라비스엘의 모습에 로벨은 내심 딸이 그렇게나 공포를 주었으리라고는 생각하지 못했다며 쓴웃음을 지었다.

일국이 사라지기 직전까지 몰아세워지는 것은 확실히 두려울 것이다. 지키려 했을 터인 백성이 등을 돌리고, 주변의 모든 이들이 적이 되는 것이다.

라비스엘의 경우는 병에 걸린 사람들이 성 주변을 포위해버렸었다. 조금씩 병이 퍼져나가고 병사들이 쓰러지는 모습은, 보이지 않는 공포가 밀려드는 것만 같아 두려웠을 게 분명했다.

마침 그때, 근위가 준비를 마쳤다며 연락을 해 왔다.

"그럼 가볼까."

라비스엘은 의자에서 일어났다. 그 뒤를 로벨도 따랐다.

이제부터 헬그너와 정보를 두고 공방전이 시작된다.

단숨에 더해진 긴장감을 안고 라비스엘과 로벨은 방을 나섰다.

제53화 헬그너

텐바르 왕국은 본래 헬그너 왕족의 분가에서 시작된 나라다.

헬그너는 정령 신앙이 번성하여, 왕가 대대로 인연이 있는 정령과 계약한 자가 후계자로서 인정되어왔다.

그러나 그것은 본가 일족에게만 허락된 일이었고, 분가는 아무리 능력이 있어도 정령과 계약하는 건 분에 맞지 않는다며 방해를 받았다.

그에 반발한 일부 분가 사람들이 자신도 능력이 있다고 큰소리를 치고는, 정령이 많이 출몰한다고 하는 소문이 있는 미개척지로 향했다.

일족의 가르침을 저버리고 욕망에 사로잡혀, 신성한 곳에 더러운 발을 들인 분가에 본가는 분노했다.

정령의 분노를 사는 일을 두려워한 헬그너 일족은 그릇된 길로 들어선 일족을 벌했다.

그러나 재난을 면한 한 줌의 사람들이 그 미개의 땅에서 정령과 정말로 계약을 하고 말았다.

그 힘의 주인은 이제 같은 힘을 가졌다며 헬그너와 절연하고, 그 미개척지를 개척하여 나라를 세웠다. 그것이 텐바르가 건국된 유래라고 한다.

그러나 헬그너가 그것을 용서할 수 있을 리 없었다.

헬그너의 왕족은 텐바르 왕족을 배신자 일족이라며 업신여겼다.

그리고 오랜 그 가르침을 뒷받침하듯이, 텐바르 왕족은 정령의 분노를 사서 저주받았다는 사실이 발각되었다. 여기에 헬그너는 당연하다는 듯이 목소리를 높였다.

"본래 우리 일족이라면, 우리 손으로 숙청해야만 한다."

현왕인 헬그너 로레 듀란은 일족의 그 신념에 충실한 남자였다.

헬그너 왕가는 대대로 검은 눈에 검은 머리카락이라는 용모를 가졌다. 그 머리 색은 왕가와 인연이 있는 정령의 색이었다.

이 색이야말로 정령과의 강한 인연을 보여주는 것이라 주장한다. 그러나 원래 선조는, 텐바르와 절연하기 전에는 금발에 푸른 눈이었다고 한다.

지금 헬그너에 그 색을 가진 왕족은 없지만, 텐바르 왕족을 볼 때마다 화가 치밀었다.

올해 스물둘이 된 헬그너 국왕 듀란은 검은 눈에 흑발이지만, 왕족과 인연이 있는 정령과 계약하지 않았다.

그 정령은 12년 정도 전으로 거슬러 올라간 시점에 듀란의 동생인 류르가 사고사한 이후, 그 비극을 슬퍼하며 잠들어 버린 채 모습을 드러내지 않게 되었다고 한다.

텐바르 왕족은 정령의 분노를 사서 저주를 받았다고 하건만, 정령의 성지로 이름 높은 곳에 멋대로 성을 세운 텐바르에서는 대정령과 계약하는 등, 배신자들만이 그 은혜를 받고 있었다.

원래대로라면 텐바르의 은혜는 헬그너가 받았어야 했다.

20년도 더 전, 정령과는 아무런 인연도 없었던 텐바르의 반크라이프트가 후계자가 대정령과 계약했다.

그리고 2년 전, 마찬가지로 반크라이프트가의 호위가 대정령과 계약했다. 그 이외에도 반크라이프트령에서는 정령에 의한 은혜의 소문이 끊이지 않았다.

텐바르에서 대체 무슨 일이 일어나고 있는 것인가.

류르는 태어났을 때도 소란스럽더니, 죽은 후에도 변함없이 불행을 불러일으킨다.

증오스러운 존재라며 듀란은 뿌드득 이를 악물었다.

'류르가 태어난 탓에 정령에게 버림받고 말았는데, 어째서 저주받은 옆 나라만 정령의 은혜를 받는 거지? 그 녀석들이야말로 정령의 적이 아닌가?!'

듀란은 납득할 수 없었다. 주변의 모든 불행이 증오스러운 동생 탓이라고 생각하고 싶었지만, 그래서는 옆 나라가 받는 은혜가 설명되지 않았다.

'……아니, 애초에 반크라이프트가 발전한 것은 어째서지?'

첩자에게서 올라온 보고서를 다시 훑어보면, 영웅 로벨이 영지에 돌아온 후부터 막대한 부가 발생하기 시작한 것은 사실이었다.

폐쇄되었던 광산의 재발굴. 또한 정령에게 받은 약을 백성에게 나누어주고, 모여든 사람들을 받아들여 영지를 개혁. 치료원의 근본적인 재검토.

치료원에서 쓴다고 하는 명목 아래 비트 재배. 더욱이 그걸 이용하고 남은 찌꺼기를 영지 명물이기도 한 말의 사료로 쓴다고 하는 빈틈없는 지혜.

'이 일들 전부가 영웅 로벨의 지혜라고……? 정령계에서 그 지혜를 얻기라도 했다는 건가? 하지만 영웅 로벨은 본가는커녕, 나라의 왕족을 싫어한다고 들었는데.'

듀란은 무언가가 걸리는 기분이었다. 그것이 무엇인지 알 수 없어서, 그의 미간에 생긴 주름은 시간과 함께 늘어가기만 했다.

'정령에게 지혜를 얻었다고 한다면, 계약했을 때부터 그 지혜를 받았어도 이상하지 않을 텐데. 예전과 지금, 뭔가 다른 게…….'

거기까지 생각한 듀란은 떠올렸다. 옅고, 아름다운 일곱 빛의 광택을 발하는 긴 은발을 가진 소녀의 존재를.

'설마, 정령 공주가 약을 가져온다고 하는 소문이 사실이었나……?'

다다른 생각에 눈을 크게 뜬 듀란에게 첩자가 올린 추가 보고서가 도착했다.

빼앗듯이 받아 들고 그 기세로 보고서를 읽은 그는 웃음을 멈출 수 없었다.

"아하하하하! 그런가! 그랬던 건가!"

보고서에는 엘렌 반크라이프트의 발안을 기초로 한, 가디엘 랄텐바르와의 공동 사업 내용 보고라고 쓰여 있었다.

*

헬그너의 외곽에 있는 숲에 둘러싸인 마을 파오에서는, 한 청년이 집 뒤쪽에서 무언가를 찾고 있었다.

금발에 푸른 눈을 가진 청년은 키가 크고 마른 체형이었지만, 걷어붙인 셔츠 소매 아래로 단련된 근육이 엿보였다.

허리에는 검집에 넣은 검을 차고 있었는데, 검집으로 쓰인 가죽의 상태로 보아 정성스레 손질해 오랫동안 써왔다는 것을 알 수 있었다.

"어이~, 없는 거야?"

장작이 쌓여 있는 위부터 장작을 패는 그루터기 뒤쪽까지, 마당 가장자리 수풀 사이를 헤쳐나가며 청년은 낙담해 한숨을 내쉬었다.

"오늘은 없는 거려나……."

손에는 가죽 쪼가리를 모아서 간단하게 끈으로 이어 붙인 간이적인 꾸러미가 들려 있었다.

그 안에 있는 것은 빵과 치즈와 작은 사과였다. 청년이 늘 먹는 점심인데, 예전부터 친구와 조금씩 나눠 먹고 있었다.

하지만 친구는 변덕스러워서, 좀처럼 상대를 해주지 않는다.

"유이 님, 여기 계십니까?"

시간이 다 되었는지, 호위가 찾으러 오고 말았다.

친구는 이 호위를 몹시 싫어하는지, 옆에 있으면 전혀 다가오지 않는지라 점심시간만큼은 호위에게 부탁해서 어느 정도 거리를 두

게 하고 있었다.

"……테츠, 오늘은 그녀를 못 만났어."

낙담해 힘이 없는 유이의 모습에 테츠라고 불린 호위는 쓴웃음을 지었다.

"설마 제 탓이라고는 하지 않으시겠죠?"

"그렇지! 테츠가 나를 찾으러 와서 그런지도 몰라!"

"하지 않으시겠죠? 라고 하자마자 그런 말씀을 하시는 겁니까? 너무한 거 아닙니까?"

테츠가 웃자, 유이도 미안하다고 사과하며 웃었다.

"그렇다는 건, 점심 식사를 아직 안 하셨다는 겁니까?"

"맞아. 같이 먹고 싶었는데……."

"어쩔 수 없죠. 대장간 주인 어른에게 혼나기 전에 여기서 얼른 드십시오."

"그럴까?"

장작을 패는 데 쓰는 여러 그루터기 중 하나에 유이가 앉았다.

유이는 가죽 꾸러미를 펼치고, 안에 든 빵과 치즈를 먹기 시작했다. 친구 몫도 있었던지라 평소보다 조금 많았다.

친구와 만나지 못해 조금 풀이 죽어서 우물우물 먹고 있는 유이의 모습에 테츠는 쓴웃음을 지었다.

집 쪽으로 돌아갔던 테츠는 그 손에 컵을 두 개 들고서 돌아왔다. 그중 하나를 유이에게 내밀고 자신도 한쪽 그루터기에 앉았다.

유이를 돌보는 테츠라고 불린 이 청년은, 올해 스물여덟 살이 된다.

이름은 티오츠. 애칭이 테츠. 짧은 갈색 머리카락은 이리저리 뻗쳐 있었고, 눈동자는 날카로웠다. 그러나 다정하게 웃기 때문에 마을에서는 인기가 있었다.

올해 열여덟 살이 된 유이의 용모도 출중해서 뒤에서는 인기가 있었지만, 이 헬그너에서 금발에 푸른 눈은 정령과 인연이 적어 불길하다고 여겨져서 다들 멀리했다.

테츠는 예전부터 유이를 보살펴주고 있었다. 피는 이어지지 않았지만, 형 같은 존재였다.

유이의 부모님이 사고로 돌아가시고 천애 고아가 되었을 때, 당시 호위로 고용되었던 테츠가 우여곡절 끝에 유이를 맡게 되었다.

전에 살던 곳에서 파오로 옮겨와, 테츠의 친척 집이 있는 이곳에서 둘이 살고 있었다.

테츠의 친척은 대장장이이기도 했다. 그러나 마을이 변경에 있는 만큼, 검보다는 괭이나 가래, 조리도구 제작 등을 주로 했다.

유이는 그 제자로서 수업을 받는 한편, 검을 다루는 데도 익숙해져야 한다는 테츠의 지도하에 검 수행도 하고 있었다.

그녀라고 불리는 유이의 친구는, 저택에서 부모님과 살던 때부터 언제나 옆에 있던 검은 고양이였다.

하지만 차가워서 평소엔 상대를 해주지 않는다. 가끔 변덕을 부리며 애교를 부려주는 그녀가 있는 것만으로도 유이는 너무나도 행복했다.

천애 고아가 되어버렸을 때, 그녀가 옆에 있어 주었다.

그리고 고개를 숙이고 울던 유이의 손을 테츠는 잡고 끌어주었다. 유이에게는 테츠와 그녀만이 가족이었다.

테츠는 귀족의 핏줄인 유이와 서민인 자신의 차이가 메워지지 않는지, 여전히 예의 바르게 호위로서의 입장을 지키고 있었다.

그녀에게는 이름이 있지만, 테츠가 불러서는 안 되는 이름이라는 말을 들었다. 그래서 둘은 「그녀」라고만 불렀다.

"……유이 님, 말씀드리고 싶은 게 있습니다."

"응? 뭔데 그렇게 진지해?"

빵부스러기를 털어내던 유이는 어리둥절한 얼굴로 고개를 갸웃거렸다.

"왕도에서 검 주문이 대량으로 들어왔다고 합니다."

테츠의 말에 유이의 손이 우뚝 멈추었다. 그 모습은 무언가를 생각하고 있는 듯 보였다.

"……나와는 관계없어."

"유이 님…… 잊으셨습니까?"

"……."

테츠의 말에 유이는 과거를 떠올렸는지, 벌레라도 씹은 듯한 얼굴을 했다.

"우리는 대장간을 하고 있습니다."

"아직 식사 중인데 일이 늘었다느니, 그런 말 하지 마!"

사과를 손에 든 유이가 어깨를 축 늘어뜨렸다.

"한동안 장작을 모아야 하려나요."

"장작 패는 건 괜찮은데, 가시가 손에 박히는 게 싫어……."

"가죽 장갑을 끼시라고 그렇게나 말씀드리지 않았습니까."

"하지만 도끼가 미끄러지는걸."

"장작을 만지는 손에만 장갑을 끼면 됩니다만."

"앗…… 그런 건 빨리 가르쳐 달라고!"

"언제쯤 깨달으려나 싶어서."

조금 전의 긴박한 모습은 사라지고, 두 사람은 태평하게 대화를 나누었다.

"그럼 슬슬 돌아갈까요."

"아, 응."

무릎 위에 펼쳐두었던 가죽 꾸러미를 접고, 바지에 떨어진 빵 부스러기를 털어냈다.

가을에 들어서고부터는 오후가 되면 때때로 갑자기 차가운 바람이 불어오게 되었다.

숲속은 햇볕이 잘 들어오지 않아서 순식간에 기온이 떨어지기 쉽다. 비도 자주 와서 바람에는 민감했다.

유이는 무심코 하늘을 올려다보았다. 맑기는 했지만, 드문드문 구름이 떠 있는 것에 비해서는 어두침침한 잿빛이었다. 아무래도 뒤숭숭한 기색이 밀려드는 듯 보여서 유이는 미간을 찌푸렸다.

그 모습을 조용히 지켜보는 테츠는, 이제 더는 할 말이 없었다.

두 사람을 멀리서 보고 있던 검고 작은 존재도 유이에게 이끌린 듯이 문득 하늘을 올려다보았다. 그리고 무언가를 눈치채고 눈을 크게 부릅떴다.

그리고는 빠르게 자리에서 일어서더니 숲속으로 모습을 감추었다.

*

헬그너 왕성의 한 방에서는 조금 전 마친 텐바르 왕과의 정령 마법을 통한 회담의 여운이 여전히 감돌고 있었다.

왕의 서재에는 왕인 듀란과 측근인 올가스, 그리고 재상만이 이야기를 나누기 위해 남아 있었다.

듀란은 이야기는 어찌 되든 상관없다는 듯이 올가스에게 와인을 가져오게 했다.

올해로 서른다섯이 되는 올가스는 우락부락한 생김새에 과묵한 남자였다. 그는 왕에게 순종하며 늘 묵묵히 따랐다.

턱에 난 흉터에는 왕에게 인정받아 측근으로 발탁된 일화가 있다는 소문이지만, 사실 여부는 본인이 말하지 않아 아무도 알지 못했다.

"폐, 폐하…… 어찌할 생각이십니까."

진땀을 흘리며 창백한 얼굴을 한 재상은 이제 막 50대에 들어섰지만, 고생이 얼굴에 배어 나온 탓인지 환갑을 맞이했다는 말을 들어도 어쩔 수 없을 만큼 나이 들어 보였다.

의자에 앉아 다리를 꼰 듀란은 여유로워 보였다.

그때, 올가스가 돌아와 잔에 와인을 따랐다.

술을 따르는 소리와 좋은 향기로 방이 채워졌지만, 재상은 용케도 이런 상황에서 술을 마시는구나 하고 생각했다.

조용히 향을 즐기고 와인을 입에 머금는 듀란은 조금 전 회담이 재미있었다며 여운에 잠겨 있는 것이리라.

측근과 재상은 잠자코 듀란의 입이 열리기를 기다렸다.

잔을 비우더니 조금 전 회담 내용을 떠올렸는지 듀란은 웃기 시작했다.

"이상하다고 생각하지 않나? 그 여자가 배신했는데, 되려 배신을 당하는 거야. 정말로 그 일족은 사람을 웃게 하는 재주가 있어."

그러더니 이번에는 소리 높여 웃었다. 그런 듀란의 모습에 재상은 속으로 한숨을 내쉬었다.

사건의 발단은 양국 사이에서 불붙기 시작한 불씨에 있었다.

갈등이 계속되고 있던 현 상황을 타개하기 위해, 어느 쪽에서 할 것 없이 양국의 유학 이야기가 나왔던 것이다.

헬그너로서는 저주받은 자를 보내온다는 것은 농담으로도 있을 수 없는 일이었다. 본보기로 죽여버리라는 목소리가 터져 나오는 중에 듀란은 정령의 저주라는 것에 흥미를 느꼈다.

"잠깐. 그 여자, 쓸 수 있을지도 모르겠군."

싱긋 웃는 듀란을 보며 주변 사람들은 파랗게 질렸다.

그는 이렇게 때때로 재미있어 보이는 장난감을 발견한 순간 미소를 짓곤 했다.

이렇게 되고 나면 무슨 말을 해도 소용없다며 주변에서는 입을 다물었다. 그리고 그중에는 여자를 아주 조금 동정하는 자도 있었다.

"죽이기 전에 정령의 저주가 어떤 것인지 조사할 필요가 있다."

듀란의 말에, 무슨 의미냐는 목소리가 나왔다.

"저주가 녀석들에게 무엇을 가져다주고 있는지, 흥미롭진 않나?"

"……그건, 무슨……?"

"여자를 이용하면 저주의 존재를 대대적으로 퍼뜨리는 데에 제격이지 않은가?"

"세상에……."

과거 텐바르 왕족의 소행은 입으로만 전해지고 있을 뿐이다. 증거가 입으로 전해지는 이야기뿐이어서는 신뢰도가 떨어졌다.

최근 들어 저주받았다는 사실이 판명되었지만, 결국에는 소문이다. 그런데도 저 나라만 수많은 정령의 은혜를 받고 있다는 사실은 정말로 불쾌했다.

은혜를 가져다주는 정령을 해쳤다는 증거를 그 눈으로 본다면, 그때야말로 백성들은 텐바르 왕족을 절대 용서하지 않으리라. 전쟁의 대의명분도 된다.

"하, 하지만…… 저주가 우리에게 내려지지 않는다는 보증 같은 건 어디에도……."

"무서워해서 어쩌자는 건가? 그런 태도로는 녀석들의 목은 절대 벨 수 없을 거다."

코웃음 치는 듀란에게 신하들은 머뭇거리며 고개를 숙였다. 다들 그의 말에 동의한 것이다.

그리고 도착한 소녀는, 역시 그 배신자 일족다웠다.

소녀가 가져온 정보와 제안에, 듀란은 재미있겠다며 웃었던 것이다.

소녀와 만났을 때의 일을 떠올리던 듀란에게 재상이 말을 걸었다.

"그래서, 그 여자는 어쩔 생각이십니까?"

"아직은 그냥 내버려 둬. 섣불리 움직이지 마라."

"……텐바르그가 뭔가 해 올 거라고 생각하십니까?"

"아마, 첩자라도 숨겨놨겠지. 이쪽이 당황해서 여자가 있는 곳에 가기를 바라면서 허세를 부린 건지도 모른다."

"……."

재상은 동석했던 회담의 상황을 떠올렸다.

라비스엘은 조카가 면목 없는 짓을 했다며 사과를 해 왔다.

『아미엘은 그쪽 종자들까지 끌어들여 가며 관광을 한 모양이더군. 미안하네.』

"이런, 무사히 발견한 겁니까?"

『아직 그쪽에서 폐를 끼치고 있다는 연락을 받았네. 바로 데려오려 하는데, 그 아이를 데려올 자 몇 명이 딱 하루만 그쪽 나라에 들어갈 수 있도록 허락해주겠나?』

"그러지요."

키득키득 웃은 듀란은 딱 하루라는 짧은 시간에 웃었다.

그런 단시간에 데려갈 수 있다면 한번 해보라며 도전적인 시선을 보냈다. 그에 대해 라비스엘은 허가해줘 고맙다며 웃었다.

거기서 무언가 기분 나쁜 느낌을 받지 않았다고는 할 수 없었지만, 정령의 힘을 빌리지 못하는 텐바르 왕족이 어떤 수단을 쓸지 흥미가 일었다.

“하지만, 이대로 그 여자 일행을 이 나라에 방치하는 것도…….”

재상은 불쾌하다는 얼굴을 하고 있었다. 저주받은 존재가 예상외로 늘어버려서 몹시 성가신 모양이었다.

“확실히 용건은 끝났다. 죽여버리는 편이 세상을 위한 일이겠지만…….”

하지만 그러다가 저주받은 존재의 소재를 들킬 가능성이 있다는 것을 생각하면, 그 수단을 취하면 지는 것처럼도 여겨졌다.

무엇보다 저주받은 시체를 이 나라에 두고 싶지 않았다.

문득 거기까지 생각한 듀란은 무언가 이상함을 느끼고, 웃음을 뚝 멈추었다.

‘……뭐지?’

지금 상황은 반대로 말하면 이쪽이 함부로 움직일 수 없는 상태이기도 했다. 그 사실을 깨닫고 듀란은 미간을 찌푸렸다.

‘움직일 수 없게 되었다고……?’

위화감을 느꼈지만, 자신의 예감이 그렇게 만들고 있을 뿐이리라고 한숨을 내쉬며 마음을 진정시켰다.

“……왜 그러십니까?”

눈치 빠른 올가스가 물었다. 거기에 듀란은 아무것도 아니라고 답했다.

“큰일이군. 그 여자에게 용건이 끝나 필요 없게 됐다고 알려주고 싶은데.”

꿍꿍이를 들켜서 오히려 배신당하게 되었다는 사실을 알려주면, 그 여자의 일그러진 얼굴을 볼 수 있었을지도 모른다며 듀란은 조금 아쉬워했다.

“하지만 지금은 안 되겠지. 대기하도록.”

“……예.”

재상과 측근은 동시에 고개를 숙였다.

재상은 그대로 방에서 물러났지만, 올가스는 그의 시야 끝에서 대기하고 있었다.

듀란은 손에 들고 있던 와인잔을 흔들면서 머릿속으로 상황을 정리하기 시작했다.

‘뭐지? 이 기분 나쁜 느낌은…….’

이루 말할 수 없는 무언가에 둘러싸여 있는 듯한 느낌이 들었다. 속내가 있는 듯하여, 이해 불가능한 라비스엘의 말.

「여자를 구출하는 데는 하루면 된다」는, 확신에 찬 말에서 무언가가 이상하다는 것을 느꼈다.

‘어째서 하루라고 단언할 수 있지?’

보통은 입국 수속을 마치고 데리러 가야 하고, 장소에 따라서는 몇 개월이나 걸리는 거리다. 실제로 행방불명이라는 소식을 듣고 편성된 조사대도, 탐색에 3개월은 예상하고 있었다.

그런 상황에서 고작 한 달도 안 돼서 「찾았다」고 말한 라비스엘.

듀란은 들고 있던 와인잔으로 시선을 떨어뜨렸다. 얼마 남지 않은 와인을 단숨에 들이켜고, 테이블에 잔을 탁하고 소리 나게 내려놓았다.

"더 드시겠습니까?"

"그러지."

올가스는 잔에 와인을 따랐다.

그것을 거들떠보지도 않고, 듀란은 미간에 주름을 잡고 생각에 잠겼다.

*

헬그너 상공에서 몇 개의 힘을 느끼고, 그 땅에 사는 정령은 허둥지둥 하늘로 달려갔다.

"무, 무슨 일입니까!"

상공에 그저 가만히 머물러 있는 대정령들의 모습에 이상함을 느꼈다.

이런 일은 지금껏 없었다. 어째서 엄청난 수의 대정령들이 이 나라를 둘러싸고 있는 것일까.

떨리는 몸을 진정시키려 애쓰며 정령은 대답을 기다렸다.

"너는 누구냐?"

대정령 중 한 명이 말을 걸어오자 정령은 목을 축이기 위해 꿀꺽 침을 삼켰다.

"저는 이 땅에 사는 정령입니다."

"이 땅이라. 그렇다면 너는 뭔가 아는 게 있나?"

반대로 질문을 받은 정령은 당황했다. 무슨 뜻인지 묻자 「찾고 있다」는 답만 돌아왔다.

"무얼 찾으시는 겁니까?"

"저주받은 자를 찾고 있다. 모르나?"

"저주받은 자? 설마 그건 옛날……."

"그렇다. 금기를 범한 인간의 후예다. 그게 좋지 않은 일을 꾸미고, 우리 공주님을 노리고 있다."

"뭐, 뭐라고?!"

정령은 무심코 솔직하게 소리를 지르고 말았다. 「그리고 귀한 분들 앞에서 실례했습니다」라며 재빨리 사과했다.

"지상에서 오가다 보면, 언젠가는 기척을 찾을 수 있으리라 생각했는데…… 우리가 지상에 내려가면, 이 땅은 우리의 존재만으로 순식간에 황폐해지겠지. 여왕님은 그건 안 된다고 하셨다. 참으로 답답하다."

짜증스럽다는 듯이 지상을 내려다보는 대정령의 모습에, 정령은 오들오들 떨었다.

"어째서, 그러한 존재가 이 땅에?"

"흐음…… 뭐라고 했지? 유……? 뭐, 그거다. 인간을 교환했다고 한다."

"인간을 교환?"

이해되지 않는 부분이 너무 많다며 정령이 눈을 동그랗게 뜨자, 대정령은 귀찮다는 듯이 설명했다.

그자가 배신해서 이 땅의 왕과 손잡고, 우리 공주님을 계략에 빠뜨리려 하고 있다고.

그 말을 들은 정령은 눈을 부릅떴다.

"이…… 이게 대체 무슨 일인지……."

와들와들 떠는 정령에게 대정령은 그렇지, 하고 무언가 떠올린 듯한 얼굴을 했다.

"너는 이 땅을 잘 알겠지? 그렇다면 우리를 도와라."

그 말에 근심에 잠겼던 정령은 퍼뜩 정신을 차렸다.

설마 하는 얼굴로 보자 대정령은 대수로울 것 없다는 투로 말했다.

"우리는 이런 성가신 일 따위 해본 적이 없다. 당장에라도 이 땅을 없애버리고 싶을 정도니까."

대정령은 빙긋 웃었지만, 그 눈은 웃고 있지 않았다. 정령은 거기에서 두려움을 느꼈고, 떨림이 멈추지를 않았다.

"우리 보물을 빼앗으려 하다니, 용서받을 수 있을 줄 알았느냐."

하늘에 흩어진 대정령들에게서 하나같이 그 안에 분노를 품고 있다는 것이 느껴졌다.

이대로라면 이 땅은 인간과 함께 사라져버리리라.

정령은 현기증을 느꼈다.

떠오르는 것은 먼 옛날의 기억.

검은빛을 띤 이상한 자신을, 두려워하지도 않고 쓰다듬어주었던 다정한 그 사람.

그 사람과 약속을 했다.

쭉, 계속, 지켜나가겠다고.

제54화 엘렌의 고민

이야기를 나누기 위해 텐바르 성으로 향하는 로벨을 배웅하고, 엘렌은 반크라이프트의 저택 정원에서 반에게 기대어 있었다.

주변에서는 요즘 들어 조금 기운이 없는 엘렌을 걱정하고 있었다.

사정을 아는 로벨에게 당분간 엘렌을 가만히 내버려 두라는 말을 들었기에, 그들은 답답해하면서도 조용히 지켜보았다.

수확제가 끝나자 사람들은 여운에 취해 있었지만, 엘렌만은 현실로 돌아온 것처럼 조용해졌다.

때때로 생각에 잠기고, 어딘가 마음에 다른 곳에 가 있는 표정으로 자주 하늘을 올려다보게 되었다.

오전인 지금, 라필리아는 훈련장에 있다. 오후부터 라필리아와 놀기로 약속은 했지만, 엘렌은 그때까지 시간을 그저 흘려보내듯이 아무것도 하지 않고 짐승 모습을 한 반의 털에 파묻혀 하늘을 올려다보고 있었다.

천천히 흘러가는 구름에서는, 이 나라에 전쟁이 닥쳐들고 있다는 것 따위는 전혀 느낄 수 없었다.

"……엘렌 님."

옆에 있던 카이가 말을 걸어와서 엘렌은 고개를 들었다.

고개를 갸우뚱하는 엘렌에게 카이는 걱정스러운 얼굴로 말을 건넸다.

가만히 내버려 두라는 말을 듣기는 했지만, 언제나 웃는 얼굴로 있는 엘렌이 아주 잠시 웃지 않는 것만으로도 너무나도 애처로워서 카이는 가만히 두고 볼 수가 없었다.

"요즘, 기운이 없으시네요."

"……그런가?"

"뭔가 고민이라도 있으십니까? 저라도 괜찮다면 이야기를 듣겠습니다."

"……."

"저기, 억지로 말씀하실 필요는 없습니다."

"……아냐. 걱정 끼쳐서 미안해. 들어주는 편이 좋으려나……. 알고는 있는데…… 내 마음대로 정할 수가 없어."

"……네."

"아버지가 성에 간 이유는 들었어?"

"네. 아미엘 님 건 때문이라고."

"아버지랑 나를 노리고 있을지도 모른다는 이야기는 들었어?"

"네. 엘렌 님 옆에서 떨어지지 말라는 당주님이 엄명이 있었습니다."

"응…… 고마워."

"아뇨. ……혹시 제가 계속 옆에 있어서 거슬리신다거나……?"

"뭐?! 아, 아냐!"

엘렌은 휙휙 고개를 가로저으며 부정했다. 그러자 반이 하하핫,

하고 웃었다.

“공주님, 이 녀석이 거슬린다면 말씀해주십시오. 쫓아내 버리겠습니다.”

“어이!!”

“자, 잠깐! 그러지 마!”

당황하는 엘렌을 향해 반은 언제든 말씀만 하시라며 웃었고, 카이는 무슨 말을 하는 거냐며 반을 쿡쿡 찔렀다.

“무슨 짓이냐!”

“정말~! 싸우지 마!!”

이 두 사람은 호흡이 딱 맞는 주제에, 정신을 차리고 보면 이렇게 사소한 일로 싸움을 벌인다.

엘렌이 반의 머리를 덮듯이 끌어안자, 순순히 「엎드려」를 하며 반은 얌전해졌다.

서로 노려보는 카이와 반을 보고 엘렌은 쓴웃음을 지었다.

“저기 있지, 나는 정령이잖아?”

갑자기 엘렌이 그런 말을 꺼내자 카이와 반은 자세를 바르게 했다. 진지한 얼굴을 하고 이쪽 이야기를 재촉해주었다.

“사실은 이렇게 인간계에 관여해서는 안 돼.”

“네……?”

말문이 막힌 카이에게 반은 당연하다고 말했다.

“공주님은 정령계의 차기 여왕님. 인간이 공주님과 말을 섞는 것 자체가 주제넘은 일이다. 알고 있는 거냐?”

반은 카이에게 주의를 주었지만, 카이는 눈을 크게 뜨고 말을 잃은 채였다.

협력을 요청했던 정령들에게 들었던 말.

『공주님이 인간계에 빠져 있는 탓이다.』

『인간만 편애하니, 앞으로가 불안하다.』

그런 말이 나왔다는 것을 소문으로 듣고 만 엘렌은 자신이 놓인 위치를 더 잘 생각했어야 했다고 반성했다.

"……정령의 힘이 강하면, 인간계에 미치는 영향도 강해져. 내가 좋다고 만들어낸 것도, 사실은 만들어서는 안 되는 거였어. 그래서 혼란이 생기고 나라가 황폐해져."

오리진에게 허가는 받았지만, 그렇다고 거기에 안주해서는 안 되는 것이었다.

엘렌의 말에 짚이는 바가 있었는지 카이는 미간을 찌푸렸다. 엘렌이 만든 약을 둘러싼 소동은 기억에 선명하다.

엘렌은 미안하다는 듯이 그리 말했다.

"우리는, 이 세계를 원만하게 통치해야만 해. 분쟁을 일으키기 위한 존재가 아닐 텐데, 내 존재가 어지럽히고 있는 거야."

"그런……!"

엘렌이 말하려는 바를 이해한 카이는 당황했다.

자신의 존재가 다툼의 씨앗이 되고 있다며 엘렌은 고민하고 있는 것이다.

"엘렌 님, 성급한 생각은 마십시오!"

"……나, 아직 아무 말도 안 했는데."

"아뇨! 마음 다정한 당신이라면, 인간계에서 떠나려 할 것이 분명합니다!!"

카이의 말에 엘렌은 정곡을 찔려 마음이 아파 왔다.

조용히 사라져야 할지, 아니면 제대로 이별을 고해야 할지 고민했기 때문이다.

"이 땅에 당신과 로벨 님이 계시기 때문에, 이 땅에는 행복이 찾아왔습니다."

"……그건."

"반크라이프트가를 좀먹던 원흉을 제거하고, 우리를 구해주셨죠. 엘렌 님의 약으로 목숨을 구한 사람도 많습니다. 떠난다는 말은 하지 말아주십시오!"

카이는 필사적인 얼굴을 하고서 엘렌의 손을 잡았다.

"저는 엘렌 님을 지키고 싶습니다. 곁에 있고 싶습니다!"

"어……?"

"당신이 떠나신다면, 반크라이프트가의 모두가 슬퍼할 겁니다!!"

엘렌은 웃는 얼굴로 말을 걸어주는 이자벨라와 모두의 얼굴을 떠올렸다.

차례차례 머릿속에 떠오르는 모습에 엘렌의 표정이 왈칵 일그러졌다.

“하지만…… 읏, 이대로는 전쟁이……!”

뚝뚝 눈물을 흘리고 만 엘렌의 어깨를 카이가 끌어안았다.

“엘렌 님의 은혜를 욕심내는 자들이 멋대로 굴게 두지 않을 겁니다. 제가…… 저희가 당신을 지킬 겁니다.”

노려보는 반의 시선을 받고 카이가 떨떠름한 기색으로 고쳐 말했다는 것을 깨닫지 못한 채, 엘렌은 목이 메어 울었다.

“미안해…… 하지만, 나도— 흑…….”

모두와 헤어지고 싶지 않다는 솔직한 마음이 입 밖으로 새어 나왔다.

엘렌은 줄곧 고민하고 있었다. 정령으로서, 여신으로서. 그리고 인간의 영혼을 가진 자로서.

과거의 기억이 새로운 기억에 밀려 나가듯 어렴풋해질 때마다 쓸쓸한 기분에 빠졌다.

잊고 싶지 않은데, 소중한 사람들의 기억은 점점 떠올릴 수 없게 되어가고 있었다.

전생 전의 소중한 사람들과의 인연은, 엘렌에게 기억으로만 남아 있었다. 엘렌은 지금 상황을 그것에 적용하고 말았던 것이다.

정령과 인간은 시간의 흐름이 다르다. 인간으로서 인간계에서 사는 자는 순식간에 나이를 먹어가리라. 정령이 보기에, 인간이라는 존재는 순식간에 덧없어지고 마는 것이다.

엘렌은 여신의 각성으로 자신의 입장을 자각했지만, 그것도 아직 얼마 되지 않은 일인 탓에 결심이 더뎠다.

로벨은 이미 정령으로서 살기로 결단하고, 인간계에는 대한 마음은 단념했다.

그것이 가장 옳은 선택이었는데, 그 결심을 뒤집은 것은 가족을 소중히 여겨주길 바라며 관여하게 한 엘렌의 일방적인 고집이었다.

자신들이 원인이 되어 전쟁이 일어나고, 가족에게 해를 입혀 그 목숨을 서둘러 거두려 하는 자가 나타날 거라고는 생각도 하지 못했다.

인간계의 가족을 소중히 여긴다면, 엘렌과 로벨은 거리를 두어야만 한다고 하는 자각은 있었다. 그러나 아무리 해도 헤어지기 싫었다.

"미안해요…… 미안해요……."

카이의 품 안에서 울면서 계속해 사과하는 엘렌에게 카이는 사과할 필요 없다며 웃어 보였다.

"괜찮습니다. 그걸로 됐습니다. 절대로 헤어지지 않을 거니까요. 모두가 들으면, 분명 엘렌 님에게 화를 낼 겁니다."

다정하게 머리를 쓰다듬어주는 카이에게 엘렌은 어리광을 부리고 있었다.

카이 덕분에 줄곧 가슴속에 응어리져 있었던 죄악감이 조금씩 사라져갔다.

등을 쓸어주는 카이에게 어리광을 부린 채, 엘렌은 점점 진정되어갔다. 겨우 울음을 멈추고, 정체되었던 사고가 움직이기 시작한다. 눈가가 붉어진 채, 현재 상황을 깨달은 엘렌은 조금 당황하며 몸을 꼼지락거렸다.

"……엘렌 님?"

"아, 저기…… 미안해. 카이 군, 고마워…… 그……."

처음부터 보았다면 우는 여동생을 달래는 오빠의 모습으로만 비칠 테지만, 아는 사람이 보기라도 하면 카이가 그냥은 넘어가지 못하리라는 것을 깨달았다.

그러나 카이는 떨어지는 것을 용납하지 않겠다는 듯이 엘렌을 꼭 끌어안았다. 그 행동에 엘렌은 놀라 눈을 깜빡였다.

그러자 바로 옆에 있던 반이 으르렁거리기 시작했다.

"적당히 해라. 꼬맹이!!"

"……방해하지 마."

머리 위에서 자그맣게 들려온 카이의 목소리는 어딘가 낯선 사람처럼 느껴졌다.

"아, 저기…… 카이 군?"

당황하는 엘렌의 뒤에서 이번에는 풀을 밟는 발소리가 들렸고, 엘렌 일행은 퍼뜩 놀라며 그쪽으로 시선을 돌렸다.

그곳에는 부들부들 떨고 있는 라필리아가 있었다.

"라, 라필리아?"

"이게 무슨…… 이게 대체 어떻게 된 거야……!"

훈련을 마치고 저택으로 돌아온 라필리아는 곧장 엘렌이 있는 곳을 물어 달려왔을 것이다.

그러나, 그곳에서 본 것은 눈을 의심케 할 만한 장면이었다.

'앗, 이건 오해받고 있는 거야!!'

새빨개진 엘렌은 허둥지둥 카이의 품에서 벗어나려 발버둥 쳤다.

그 모습을 본 라필리아는 익숙한 손놀림으로 양쪽 다리에 가죽 벨트로 고정되어 있던 쇠봉을 빠르게 꺼내더니, 둘을 철컥 맞춰서 한 자루의 긴 봉으로 만들었다.

그걸 솜씨 좋게 붕붕 휘둘렀다.

그것은 엘렌이 라필리아용으로 만든 경찰봉이었다.

"엘렌이 싫어하는 데 무슨 짓이야!"

땅을 기는 듯한 낮은 목소리에 세 사람은 움찔하고 몸을 떨었다. 자세히 보니 라필리아의 입가는 호선을 그리고 있었다.

전투 모드에 들어가 조금씩 다가오는 범상치 않은 모습의 라필리아를 본 엘렌이 당황했다.

"라, 라필리아, 그게 아냐!!"

그러나 가까이 다가오며 엘렌의 눈가가 붉다는 사실을 눈치챈 라필리아는 카이를 향해 살기를 피워올렸다.

"엘렌을 울렸어?!"

"좋다. 계집, 해치워라!"

인간 모습을 하고서 엘렌을 재빠르게 빼앗은 반은 그 자리에서 벗어나 라필리아를 부채질했다.

"아, 아냐. 상담을 해줬어. 그래서 감정이 북받쳐서 울었을 뿐이야……."

"……상담?"

"응, 그러니까……."

엘렌의 이야기를 듣고 라필리아의 살기가 순식간에 사그라들었지만, 카이는 허리에 찼던 검을 뽑아 들고 라필리아와 대치했다.

"엘렌 님, 이런 착각을 하고 폭주밖에 못 하는 녀석을 옆에 두는 건 위험합니다."

"뭐어어어?! 네가 뭔데?! 그보다, 상담이라면 내가 있잖아! 그저 호위인 주제에 멋대로 나서다니, 뻔뻔하지 않아?!"

"엘렌 님이 풀 죽어 계신 것도 눈치채지 못한 녀석이 무슨 말을 하는 건지. 뭐, 됐습니다. 언젠가는 결판을 내야만 한다고 생각하고 있었습니다."

"눈치챘으니까 서둘러 돌아온 거라고! 너 진짜 열 받아!"

빠직빠직하고 불꽃을 튀기는 라필리아와 카이를 보며 엘렌은 창백해졌다. 자신이 울어버린 탓에 오해를 받고 말았다.

허둥거리는 엘렌을 반이 제지했다.

"저런 녀석들은 무슨 말을 해도 제멋대로 착각을 하니, 하게 내버려 두는 편이 좋습니다."

머리에 피가 오른 동안엔 무슨 말을 해도 소용없다.

반이 말하길 엘렌이 눈치채지 못했을 뿐, 두 사람은 자주 부딪쳤다고 한다.

갑자기 시작되어버린 두 사람의 전투에 엘렌은 비명을 지르는 것밖에 할 수 없었다.

그 후 엘렌을 심하게 울리고, 정원을 엉망으로 만든 라필리아와 카이는 사이좋게 사우벨에게 설교를 듣게 된다.

*

텐바르성에서 정보를 모으고 있는 로벨은 대정령과의 연락 담당을 맡고 있어 그대로 돌아올 수 없게 되었다.

수많은 대정령들도 헬그너로 향한 채 돌아오지 않았다. 지상에 내려가지 못하기 때문에 수색에 난항을 겪고 있는 듯했다.

엘렌은 로벨에게 움직임이 있을 때까지 정령계에서 기다리라는 말을 들었다.

정령성으로 돌아온 후, 엘렌은 우느라 지쳤는지 잠시 잠들었다.

일어나 보니 얼굴이 퉁퉁 부어 있었다. 차가운 바람을 쐬고 싶어져서 발코니로 나갔다.

방에 딸린 발코니에서 또 밤하늘을 올려다보고 있던 엘렌에게, 짐승 모습을 한 반이 밖에서 훌쩍 다가왔다.

"공주님, 일어나셨습니까."

"반 군……."

걱정을 끼쳐 미안하다고 엘렌은 사과했다. 그 목소리는 낮보다 밝았다.

카이에게 상담하고 울고, 카이와 라필리아를 싸우게 만들었다며 펑펑 울었다.

엘렌을 기운 나게 하고 싶은 마음은 알지만, 되려 울려서 어쩔 셈이냐며 사우벨에게 혼이 난 라필리아와 카이는 몹시 낙담했다.

울던 채로 고개를 들었더니 모두가 걱정하며 엘렌을 보고 있었다. 사우벨도 이자벨라도 로렌도, 저택 사용인들도 엘렌을 걱정하고 있었다.

자신을 이렇게 걱정해주는 모두의 마음이 기뻐서, 엘렌은 또 울었다.

카이에게 자초지종을 들은 모두는 엘렌에게 말했다.

『엘렌, 그렇게 마음 쓸 필요 없단다. 원래 이웃 나라는 틈이 있을 때마다 전쟁을 일으키려 하고 있었거든. 형님이 돌아오지 않았다면, 텐바르는 이미 전쟁의 불꽃 속에 불타버렸을 거야.』

사우벨의 말에 엘렌은 눈물로 젖은 눈을 더없이 크게 떴다.

『엘렌이 돌아오라고 말해줘서, 형님이 이 땅에 머물고 있지. 그게 결과적으로 전쟁을 늦춰줬단다. 그것만이 아니라, 엘렌은 상처 입은 백성을 치유해줬어. 영지의 작물과 비축 지혜를 줘서, 사람들의 생활을 윤택하게 했지. 민폐라니 말도 안 돼.』

엘렌은 자신이 있어 폐를 끼친다고 생각했다. 그러나 주변 사람들은 전혀 그렇게 여기지 않았던 것이다.

이자벨라에게는 엘렌이 행복을 가져다준다는 말을 들었고, 로렌에게는 귀여운 손주라는 말을 들었다.

메이드들은 아기엘이 있던 지옥에서 구해주었다고 말했다. 카이도 아버지를 구해주었다며 감사 인사를 했다.

『엘렌! 이제 와서 이별이라니 절대로 용서하지 않을 거야!』

라필리아가 울면서 엘렌을 꽉 끌어안았다.

따뜻한 말에 엘렌은 고마움을 전하며 소리 내 울어버렸다.

반은 말없이 언제나 엘렌 옆에 있었다.

"……조금 진정되셨습니까?"

"응, 하지만……."

정령으로서는 있어선 안 될 일이었다. 그걸 생각했는지, 엘렌의 얼굴이 다시 조금 흐려졌다.

"공주님은 지금 이대로 괜찮습니다."

"반 군?"

"공주님에게 해를 끼치는 자는 전부 저희가 제거해 보이겠습니다. 공주님은 원하는 대로 하시면 됩니다."

"반 군……."

"우리의 왕은, 모든 것을 지켜보는 존재입니다."

거기에는 정령만이 아니라, 이 세계에 사는 모든 것이 포함된다.

여신이란 그러한 존재라고 알려주고 있다는 것을 깨달은 엘렌은 반을 빤히 바라보았다.

그리고 이번에는 부드럽게 웃었다.

"반 군, 고마워."

"후후, 공주님 얼굴은 그래야지요."

엘렌은 반의 목덜미를 끌어안았다.

따뜻하게 지켜봐 주는 그 커다란 존재에 엘렌은 행복해졌다.

어리광을 부려도 괜찮다고 모두가 가르쳐준 덕분에 엘렌은 흔들리던 결의가 단단해진 것을 자각했다.

'절대로…… 전쟁이 일어나게 두지 않을 거야.'

아미엘 일행의 꿍꿍이 따위 반드시 무너뜨려 보이겠다며 엘렌은 새롭게 결의했다.

제55화 그들의 정체

파오 마을의 분위기가 아침부터 이상했다.

마을 사람들이 우물을 둘러싸고 소곤소곤 이야기하고 있었다. 평소 소문을 두고 이야기꽃을 피우는 것은 대부분 여자들이었는데, 오늘은 그중에 남자들도 섞여 목소리를 낮추고 있었다.

뭔가 평소와는 다른 마을 분위기에 유이는 고개를 갸웃거렸다.

"무슨 일이 있는 걸까요?"

옆에 있던 테츠도 의아한 표정을 짓고 있었다. 하지만 무작정 고개를 들이밀었다간 대장간에 가야 할 시간에 늦고 말 터였다.

성가신 일에는 가능한 한 관여하지 않도록 조심하면서, 점심용 빵을 사기 위해 빵집으로 걸음을 서둘렀다. 그런데 빵집 앞에 인파가 생겨 있었다.

무슨 일인가 하며 둘이 미간에 주름을 잡고 있으려니, 마을 사람들의 대화가 귀에 들어왔다.

"……그럼, 빵도 고기도 못 사는 거야?"

"큰일인걸……."

이야기하는 내용을 요약하면, 누군가가 물건을 모조리 사들이는 바람에 가게에서 물건을 살 수 없다고 한다.

이 마을에는 빵집과 정육점이 하나씩밖에 없다. 아침 일찍 나오는 노점에서 파는 것은 작물이 대부분이었다.

직접 빵을 굽는 사람도 있지만, 아침 시장의 활기는 마을의 유일한 재미이기도 했다.

사정을 물으려 해도, 모두 하나같이 가게에서 상당히 거리를 두고 보고 있었다.

가까이 다가갈 수 없는 무언가가 있는 것인지 인파 사이로 몸을 내밀어 가게 쪽을 들여다보려 하자, 무언가를 깨달은 테츠가 허둥지둥 유이의 팔을 잡았다.

'유이 님, 안 됩니다! 이쪽으로!!'

그대로 끌려가 테츠의 등 뒤로 감춰진 유이는 무슨 일인가 싶어 눈이 동그래졌다.

이어서 테츠는 들고 있던 천을 꺼내 그의 머리에 씌웠다.

유이는 천 틈새로 슬쩍 상황을 살폈다. 빵집에서 누군가가 나온 모양이었다. 주변도 소곤소곤 이야기하면서 그쪽으로 시선을 주며 미간을 좁히고 있었다.

가게에서 나온 그들이 어떤 사람들인지는 한눈에 알았다. 귀족이다.

귀족이 상대라면 불만을 말하고 싶어도 말할 수 없다. 게다가 정육점에서도 마찬가지로 귀족에게 매점을 당한 듯했다.

아침 일찍 팔리는 채소는 남아 있었지만, 귀한 과일 같은 건 모조리 샀다고 한다.

이런 사태가 될 경우, 가게 사람들은 마을 사람들에게 미리 말해주거나 따로 준비를 할 터였다. 그러나 그러지 않았던 것을 보면, 이것은 상당히 갑작스러운 이야기였던 것이 틀림없었다.

마을 사람들이 멀리서 지켜보는 중에, 귀족의 지시에 따라 호위로 보이는 자들이 구매한 물건들을 차례차례 짐받이에 실었다.

귀족이 떠나간 후, 조심스럽게 가게 안을 들여다본 자들은 깜짝 놀랐다.

가게 안은 텅 비어 있었고, 선반에는 아무것도 남아 있지 않았다. 가게 주인은 태풍이 지나가기라도 한 것처럼 넋이 나가 있었다.

대체 무슨 일이 있었던 거냐며 마을 사람들이 물었지만, 주인은 모르겠다는 듯이 고개를 저었다.

'어떻게 됐지?'

'모르겠습니다. 일단 집으로 돌아가죠. 이 상태라면 대장간에도 녀석들이 있을지도 모릅니다.'

유이와 테츠는 서로에게 고갯짓을 하고, 슬쩍 몸을 숨기며 뒷골목을 통해 집으로 돌아갔다.

창문 커튼이 닫혀 있는 것을 확인하고, 외출한 척 가장했다.

"어째서 녀석들이 이런 마을에……?"

"대장간에 주문한 물건을 받으러 왔다고 하기에는 너무 빠릅니다. 게다가 빵과 고기, 과일만 전부 사들인다는 건…… 심상치 않습니다."

"……무슨 뜻이야?"

그 말을 끝으로 입을 다문 테츠를 보며 유이는 의아하다는 표정을 지었다. 무언가 줄곧 생각에 잠겨 있었다.

그러고 보니 요즘은 왕도 쪽에서도 뭔가 분위기가 수상하다는 소문이 있었다는 것을 떠올렸다.

왕족은 정령과 함께 걸어가던 일족이었지만, 지금의 왕이 즉위한 후부터는 그 정령이 사라져버렸다고 한다.

그것을 비웃기라도 하듯이, 정령의 저주를 받았을 터인 이웃 나라에서는 대정령과의 계약이 20년에 한 번 정도의 비율로 발생하고 있었다. 그 탓에 왕이 이웃 나라를 노여워하고 있다는 이야기였다.

왕이 전쟁을 벌이려 해서, 어서 검을 내놓으라며 귀족이 찾아온 것일까?

'아니…… 이런 변경의 대장간에까지 검을 주문한 건 알겠지만, 귀족까지 있다는 건 이상해. 만들면 바로 가져오라고 말할 거야. 대체 무슨 일이 일어나고 있는 거지?'

그렇게 이리저리 머리를 굴려보았지만, 왕과 귀족의 생각 따위를 알 수 있을 리 없었다.

최근엔 그녀와도 만나지 못했다. 예전부터 그녀와 만나지 못하면, 뭔가 좋지 않은 일이 일어나는 것만 같은 기분이 들었다.

"유이 님, 안 좋은 예감이 듭니다."

"우연이군. 나도 그래."

유이가 어깨를 으쓱이고, 곤란하다며 한숨을 내쉬었다.

두 사람이 신세를 지고 있는 대장간의 주인은 사실 검을 만드는 일에 관해서는 그 방면에서 유명한 인물이었고, 제자로 받아달라며 문을 두드리는 자도 많았다.
무기를 노리고 귀족이 들이닥쳤다고 한다면 이해가 되지만, 그렇다고 하기에는 뭔가 이상했다.
"설마……."
"아뇨. 좀 다른 것 같습니다. 그거라면 곧장 이쪽으로 자객을 보내올 겁니다."
"……그렇겠지."
과거의 일을 떠올린 유이의 표정에 그림자가 드리워졌다.
테츠는 그것을 눈치챘지만, 일부러 눈치채지 못한 척을 하며 비밀 선반에서 여러 나이프를 꺼내 몸에 장착했다.
"정찰을 다녀오겠습니다. 유이 님은 지하로."
"……알았어."
무슨 일이 생겼을 경우의 약속이다. 테츠에게 전부 떠맡겨버리는 자신의 한심함에 유이는 미안하다고 중얼거릴 수밖에 없었다.
그러던 때, 문을 북북 긁는 소리가 들렸다. 이 소리는 그녀다.
테츠가 익숙한 손놀림으로 문을 살짝 열자, 검은 생명체가 훌쩍 들어왔다.
그녀를 보고 유이의 얼굴이 금세 밝아졌다.
"지금까지 어디에 있었던 거야?"
유이의 말에 대꾸하듯 「냐아~」 하고 운 그녀는, 드물게도 애교를 부리듯 유이의 다리에 몸을 비볐다.
평소 만지지도 못하게 하던 그녀가 드물게도, 마치 쓰다듬어도 된다고 말하듯이 꼬리를 유이의 다리에 감고서 재촉했다.

"유이 님, 그녀와 지하실로 가주시겠습니까?"

"그래, 알았어. 테츠, 조심해."

"네. 그럼 다녀오겠습니다."

소리도 내지 않고 나가는 테츠를 지켜보고 유이는 문을 잠갔다.

그리고 비밀 문을 열자, 그곳에서는 지하로 이어지는 계단이 나타났다.

그녀가 훌쩍 지하로 내려갔다. 빛이 없는 어두운 계단을 익숙한 듯 내려가는 그녀의 모습에, 유이는 급히 램프와 간단한 음식과 물이 담긴 병을 준비했다.

문단속을 다시 한번 하고, 유이는 발을 헛디디지 않도록 계단을 천천히 내려갔다.

*

유이는 준비된 담요를 꺼내서 펄럭 펼쳤다.

눈앞의 나무 상자에는 무기 등이 감춰져 있다. 상자를 열고 점검하면서 옷 안에 은닉 나이프와 검을 장착해나갔다.

그 모습을, 검은 고양이가 빤히 바라보고 있었다. 방 한쪽의 어둠 속에 섞여든 고양이 눈이 램프의 불빛을 반사해 빛났다.

"요즘 못 만났었지. 어디에 있었어?"

장착을 마친 유이는 담요를 바닥에 깔고서 검은 고양이 옆에 앉았다.

검은 고양이의 턱 아래를 쓰다듬자 골골거리며 울었다.

불온한 공기 속에서 불편하던 마음이 치유되어갔다. 테츠가 무사히 돌아올 때까지 불안은 사라지지 않겠지만, 그녀가 함께 있어주는 것이 유이는 무척 기뻤다.

얼마나 그렇게 있었을까.

어두운 방에서 기다리는 시간은, 1분 1초가 몹시도 길게 느껴졌다.

'얼른 돌아와 줘…….'

점점 불안에 물들어가는 유이는 한숨이 늘었다.

"……!"

검은 고양이가 갑자기 고개를 들더니 방의 허공을 바라보았다.

"……왜 그래?"

유이가 조심스럽게 묻자 검은 고양이는 서둘러 계단을 올라가 닫힌 뚜껑을 북북 긁기 시작했다.

"바, 밖에 나가고 싶어? 잠깐만."

유이가 허둥지둥 뚜껑을 밀자 작은 틈새로 빠르게 빠져나갔다. 그 모습에 쓸쓸함을 느꼈지만, 이번에는 밖으로 통하는 문을 긁기 시작했다.

"기, 기다려."

유이가 급히 뚜껑을 완전히 열고 기어나가는 사이에, 검은 고양이는 언제까지고 열리지 않는 문을 쿵쿵하고 몸으로 들이받았다.

"왜, 왜 그래!"

처음 보는 검은 고양이의 모습에 유이는 당황했다. 초조해하며 문을 열자 검은 고양이는 쏜살같이 밖으로 나갔다.

그 너머에는 테츠가 있을 것만 같았다.

"……무슨 일이 생긴 거야?"

유이의 얼굴이 파랗게 질렸다. 점점 떨려오는 다리와 흐트러지는 호흡. 뇌리에는 부모님이 죽던 순간이 떠오르고 있었다.

호위로서 한 걸음 물러나 있는 테츠. 어릴 때부터 함께 놀아주었던 테츠. 유이를 언제나 우선하는 테츠.

……살해당할 뻔한 유이를 구해준 테츠.

그런 테츠가 만약 죽어버린다면, 유이는 정말로 혼자가 되고 만다. 그렇다면, 살아갈 의미가 과연 있을까.

유이는 찌릿 앞을 바라보며 달리기 시작해 이미 시야에서 사라진 검은 고양이의 뒤를 쫓아갔다.

*

테츠는 나무들 사이에 몸을 숨긴 채, 천천히 마차를 몰고 있는 귀족들에게서 거리를 둔 상태를 유지하며 뒤를 계속 쫓았다.

마차 안은 음식으로 가득해서 귀족 이외의 호위들은 걸어서 돌아갈 수밖에 없는 듯했다. 마침 잘된 일이었다.

말을 탄 호위들은 마차를 지키듯이 주변에 흩어져 있었다.

시종 주변을 살피며 이동하는 것을 보고, 그저 귀족이 타고 있는 것치고는 묘하게 경계하고 있다고 생각했다.

얼마나 이동했을까.

이웃 마을까지 이어지는 길은 포장되지 않은 외길뿐이었다. 그들은 그 길에서 갑자기 벗어나 숲속으로 들어갔다.

그러나 나무뿌리에 걸려서 더는 마차로는 갈 수 없다는 것을 알자, 호위들이 짐받이에서 짐을 꺼내 말에 싣고, 짐만 운반했다.

마차에서 내린 귀족이 무어라 지시를 내리고, 혼자만 말에 올라타 숲 안쪽으로 먼저 들어갔다.

'……뭐지?'

호위들은 짐마차의 짐을 확인하면서 말에 자루들을 실었다. 자루를 안장 좌우로 걸쳐놓자 말은 안정을 잃고 비틀거렸다. 그러자 호위들은 자신들도 어깨에 짐을 짊어지고, 말을 이끌며 도보로 안쪽을 향해 갔다.

짐에 정신이 팔려있는 자가 대부분이라고 해도, 호위들의 통솔된 움직임으로 보아 방심할 수 없었다.

멀리서 호위의 수와 위치를 확인하던 중에 옆에서 휴식을 취하고 있는 호위들이 눈에 들어왔다.

테츠는 슬쩍 남자들의 등 뒤로 소리도 내지 않고 숨어들었다. 그리고 수풀 속에 몸을 감추고 대화에 귀를 기울였다.

"……하지만, 어째서 이런 데까지……."

"어쩔 수 없지. 여기는 특히 옅은 사람이 많은 곳이거든. 정령님의 분노를 생각하면……."

남자들이 말하는 「옅은 사람」이란 머리 색이 밝은 자들을 가리킨다.

이 나라에서는 정령을 닮은 어두운색을 귀하게 여겼다. 유이처럼 금발로 태어난 자들은 귀족이 싫어해서, 이 파오 마을 같은 곳으로 밀려나게 되고 마는 것이다.

그렇기에 유이를 감추기에는 제격이라며 이곳으로 옮겨온 것이었는데, 정령과 결속이 약하다며 차별하는 귀족이 이런 변경 마을까지 오는 것 자체가 애초에 이상했다.

유이를 노리고 있다고 하기에는 귀족의 행동이 지나치게 눈에 띄었다.

"그 배신자 놈들의 호위라니, 우리도 운이 없다니까……."

"왕은 그 일족을 뿌리째 뽑아버리기 위한 거라고 말씀하셨어. 그러니까 지금은 참을 수밖에."

"그 녀석들이 정령님의 노여움을 산 이유를 알 것 같지 않아? 호위 중인 우리까지 괜히 말려드는 건 아닌지 걱정이야……."

"그런 말 하지 마……. 다들 겁먹었잖아……."

목소리를 낮추고, 남자들은 얼굴을 찌푸리며 말했다.

그 대화를 듣고서 테츠는 고개를 갸웃거렸다.

'……배신자 놈들의 호위?'

이 남자들은 누구를 호위하고 있다는 것인가?

대화와 복장으로 보아, 나라를 섬기는 기사일지도 모른다. 그런 지위의 자들이 「배신자」라고 한다면, 죄인을 호위하고 있다는 뜻일까?

'정령의 노여움이란 뭐지?'

계속해서 의문만 떠올랐다.

이 나라의 사람들은 옅은 사람을 혐오하기는 해도, 딱히 죄인 취급을 하는 것은 아니다. 다른 나라에는 그쪽이 많기 때문이다.

어디까지나 이 나라에서는 검은 머리가 귀하게 여겨지고 있을 뿐이다. 그러나 이 이야기를 조장해 단숨에 차별을 퍼뜨린 것이 지금 왕이었다.

옅은 사람은 정령의 가호가 없다. 정령에게 버림받은 것이라고 했다.

다른 마을에서라면 정령의 은혜를 받을 수 없다는 말을 들으며 따돌림을 당하는 일이 간혹 있지만, 파오 마을에는 적지 않은 옅은 사람이 살고 있기 때문에 그러한 일도 없었다.

파오 마을에서는 굴하지 말고 더욱 노력해야 한다고 하는 사상이 있었다.

정령에게 인정받을 수 있도록, 헌신적으로 열심히 일하라는 의미로 옅은 사람을 받아들이고 있다.

배신자 놈들의 호위, 정령의 노여움을 산 이유. 그것은 대체 어떠한 의미일까.

'……잠깐, 왕은 그 일족을 뿌리째 뽑아버린다느니 하는 말을 했었지?'

이 나라의 왕이 혐오하는 일족 따위, 생각할 것도 없이 바로 알았다. 게다가 「정령의 노여움을 산다」라는 말이, 그것을 긍정하고 있는 것만 같았다.

'설마…….'

안 좋은 예감이 확신으로 바뀌었다. 테츠는 슬쩍 후방의 수풀 속으로 이동했다. 안전한 위치까지 와서, 주변 지도를 머릿속에 그려 넣었다.

귀족이 향한 곳에는 산기슭에 면한 작은 시내가 있다. 아마도 그 주변으로 식량을 나르고 있는 것이리라 판단하고, 우회해서 장소를 확인하기로 했다.

잠시 걷자, 예상대로 집단을 발견했다. 그들은 멋대로 숲 안쪽을 개척해 야영하고 있었다.

식량을 가지고 돌아온 자들이 서둘러 조리를 하고 있었다. 특히 먼저 고기를 굽고 있어서 고소한 냄새가 주변에 가득했다.

숨어 있는 것치고는 당당하게 고기를 굽고 있었다. 무언가로부터 몸을 숨기고 있는 것이리라 생각했는데, 행동거지가 상상과는 거리가 멀어서 테츠는 당황했다.

그리고 구워진 고기를 받아 든 인물을 보고 테츠는 눈을 부릅떴다.

'메이드? 메이드가 있는 건가?'

믿을 수 없다며 테츠는 무심코 뒷걸음질을 치고 말았다. 저택에 있을 법한 옷을 입은 메이드가 핼쑥한 얼굴을 하고서 비틀비틀 호화로운 텐트 쪽으로 향해 갔다.

그러자, 멀리서도 들릴 듯한 노성이 들려왔다.

'뭐……?!'

노성은 여자 목소리였다. 거기에 덧씌워지듯이 여자의 비명이 메아리쳤다. 주변에 있던 남자들은, 「또 이러네」 하는 얼굴을 하고 있었다.

갑자기 텐트에서 도망쳐 나온 메이드. 그 뒤를 따라 통통하게 살이 찐 인물이 쫓아와서 채찍을 휘둘렀다.

욕설과 함께 채찍이 휘둘러졌고, 희미한 비명과 소리가 주변에 메아리쳤다. 몇 번이고 몇 번이고 집요하게 휘둘러지는 채찍.

메이드를 감싸려 하는 자는 없었다. 자신에게 화가 미칠까 봐 모두가 그 자리에서 조금씩 물러나고 있었다.

'이건 대체……. 저건 설마!'

갑자기 그 통통한 인물에게서 회오리 같은 검은 소용돌이가 하늘로 솟구쳐 올랐다.

"크읏?!"

메아리치는 비명에 공명하듯이, 그 회오리에서 희고 작은 손이 여기저기서 뻗어 나오는 것을 알 수 있었다.

"으아아아아아아아아!"

회오리에서 들려오는 비명이 테츠의 머릿속에 직격했다.

꿀렁꿀렁하고 자신의 혈액이 흐르는 소리가 들렸다. 동포의 울부짖는 소리에 가슴이 아팠다. 떨리는 손으로 자신의 심장 부근을 꽉 움켜쥐었다. 테츠의 동공이 열리고, 핏발이 섰다.

'큰, 일……!'

테츠는 서둘러 그 자리에서 도망쳤다. 무조건 그 자리에서 도망쳐야만 했다.

그리고 조금 전까지 남자들에게 집중하느라 그는 눈치채지 못했다.

이 숲의 정령이, 사라졌다는 사실을.

*

유이는 눈앞을 달리는 작은 움직임을 발견하고, 달리는 속도를 높였다.

'가슴이 술렁거리는 건 어째서지……?'

검은 고양이는 갑자기 길을 벗어나 숲속으로 들어갔다. 산짐승이 다니는 길이기는 했지만, 나무뿌리에 발이 걸리지 않도록 조심하면서도 유이는 열심히 따라갔다.

검은 고양이가 멈춘 그 앞에 쓰러져 있는 인물이 있었다. 테츠였다.

"테츠! 괜찮아?!"

호위라든가, 노려지고 있다든가, 그런 건 관계없다. 눈앞에 쓰러져 있는 테츠는 심장을 누르며 괴로워하고 있었다.

그런데 어찌 된 일일까. 갑자기 테츠의 몸이 빛나고, 그 신체가 줄어들었다.

거기에 남은 것은 줄무늬 고양이였다.

"테, 테츠……? 테츠가…… 고양이로……?"

눈앞에서 벌어진 일에 머리가 따라가지 못했다. 그러나 그 고양이는 축 늘어진 채 움직이지 않았다.

『어서 이 자리에서 벗어나야 하느니라!』

"뭐?"

검은 고양이가, 그녀가 말하고 있었다.

유이는 이번에야말로 놀라 굳어졌지만, 검은 고양이는 줄무늬 고양이의 목덜미를 물어 들어 올리려 하다 실패하고 있었다.

그 모습에 퍼뜩 정신을 차린 유이는 서둘러 줄무늬 고양이와 검은 고양이를 양쪽 옆구리에 끼고 숲을 빠져나갔다.

*

집으로 돌아온 유이는 줄무늬 고양이를 침대에 눕혔다.

잠시 축 늘어져 있던 줄무늬 고양이가 눈을 뜬 순간, 유이는 무심코 외쳤다.

"테츠!"

『여기, 는…….』

유이의 얼굴이 왈칵 일그러졌고, 속 깊은 곳부터 안도의 한숨이 터져 나왔다.

"무사해서 다행이야."

『유이 니…….』

—님, 하고 말을 이으려던 테츠는 자신의 목소리가 평소와 다르다는 사실을 깨달았다.

『헉?!』

"테츠는 고양이였구나."

유이가 쓴웃음을 지으면서 테츠의 머리를 쓰다듬었다. 테츠는 바들바들 떨고 있었다.

『들키고 말았으니 어쩔 수 없다.』

폴짝, 검은 고양이가 테츠의 옆으로 와서 앉았다. 다리에 긴 꼬리를 감았다.

"……설명해주지 않을래?"

쓴웃음 짓는 유이를 본 테츠는 검은 고양이의 얼굴을 올려다보았다.

『나는 이 나라를 지켜보겠다고 어떤 사람과 약속한, 밤을 관장하는 정령. 로레.』

『……저는 로레 님의 권속. 티오츠. 유이 님의 어머님과 계약한 정령입니다.』

갑작스러운 고백에 류르— 유이는 아연실색했다.

눈앞에 있는, 줄곧 가족이라고 여겨왔던 존재들.

머리카락 색이 옅어 정령과의 유대가 옅다는 말을 들으며 주변에서 기피되어왔던 유이는, 형에게 미움을 받고, 사고를 위장해 가족 모두를 살해당했다.

사랑하는 것을 전부 배다른 형에게 빼앗기고 천애 고아가 된 자신을 구해준 존재는, 정령이었던 것이다.

"어, 어째서……."

밤을 관장하는 정령, 로레.

그녀의 이름은 이 나라를 상징하는 정령과 같았다. 그렇기에, 말해서는 안 된다고 여기며 지금까지 입에 올리지 않았다.

“……아니, 어쩌지 그렇지 않을까 싶었던 일은 몇 번이나 있었지만, 말할 수 없었어. 말해버리면 네가 나를 떠나버리는 건 아닐까 싶었거든……. 로레는 형님과 계약해야 할 정령이지?”

『…….』

“어째서 나를 구해준 거야? 아니, 그런 옛날 일 같은 건 어찌 되든 상관없어. 테츠는 어째서 쓰러져 있던 거야? 무슨 일이 있었어?”

『원래대로라면 대정령이 아니면 인간의 모습은 할 수 없습니다. 저는, 로레 님과 에레 님의 힘을 빌려서 인간 모습을 하고 있었습니다…….』

『쓰러진 건 저주에 휩쓸렸기 때문이다. 한동안은 인간 모습은 할 수 없을 게다.』

“저주?”

『이 숲에, 저주받은 자가 있다.』

로레의 말을 듣고도 유이는 고개를 갸웃거릴 수밖에 없었다.

『정령을 학살한 얼간이 놈의 후예가 받은 저주니라. 그 저주는 우리의 제정신을 빼앗느니라.』

“정령을 학살한 자의 후예……? 그게 숲에 있다는 거야?”

『그건 옆 나라 왕족의 후예. 그 녀석 탓이니라! 그 녀석 탓에 이 나라가 사라질 것이야!』

갑자기 격앙한 로레의 반응에 유이는 놀랐다.

“잠깐, 이야기가 왜 그렇게 되는데? 미안, 설명해주면 좋겠는데.”

『유이 님, 그 귀족은 자객이 아니었습니다. 그러나 저주받은 텐바르의 왕족을 감춰두고 있었습니다. 대장간의 무기 주문 수도 그렇고, 아마도 전쟁의 불씨가 아닐까 싶습니다.』

"무슨……."

『녀석들은 저주받은 자와 공주님을 교환하려 하고 있다! 공주님의 걱정한 대정령님이 화를 내고 계시니라!』

인간을 교환했느니라! 하고 로레는 소리쳤다.

대정령의 「교환」이라는 말에 로레는 엉뚱한 방향으로 착각을 하고 말았지만, 그것을 정정할 수 있는 자가 이 자리에 있을 리 없었다.

"교환? 공주? 대정령?"

유이는 혼란스러웠다. 로레가 무슨 말을 하고 싶은 건지 전혀 이해되지 않았다.

자세히 물어보니, 왕이 이웃 나라의 왕족을 유괴하고 풀어주는 조건으로 정령계의 공주를 요구하고 있다고 한다.

그러나 대정령이 공주님을 위해서 납치된 왕족을 찾고 있다고 했다.

『대정령님은 몹시 화나 계신다! 이 나라를 없애버리고 싶다고 말씀하셨느니라!』

수많은 대정령이 분노로 가득한 눈으로 상공에서 왕족을 찾고 있다고 한다.

저주받은 자라면 쉽게 찾을 수 있으리라고 생각한 듯했으나, 지상에서는 상당히 떨어져 있어 전혀 찾을 수 없다고도 했다.

"그 왕족이 있는 곳을 대정령에게 알리면 어떻게 되는 거야?"

『저주받은 자를 죽이는 겁니까……?』

유이와 티오츠도 혼란스러워했다. 하지만 그런 짓을 하면 헬그너와 텐바르는 틀림없이 전쟁을 벌이게 되리라.

인간과 정령의 공주를 교환하면 텐바르와 정령이 전쟁을 일으킬지도 모른다.

바로 옆 나라가 전쟁에 휩싸이면, 옆 나라에서 난민이 밀려든다. 전쟁이란 한 나라의 내부에서 수습될 리 없는 것이다.

사람들의 불안과 불만은 전염되어간다. 이 나라 탓이라고 텐바르가 말해버리면, 옆 나라 백성들은 원한의 화살을 이쪽으로 돌릴지도 모른다.

어느 쪽이 되었든, 이대로는 전쟁은 필연이다. 나라가 황폐해지는 것을 피할 수 없으리라.

"왕은…… 형님은 대체 무슨 생각을 하고 계신 거야."

"……."

어느 쪽으로 굴러가도 전쟁이 일어나고 만다. 전쟁의 대의명분을 위해, 텐바르 왕족을 납치해 가둬두고 있는 것일까?

정령의 분노를 사서 저주받은 일족. 그 일족과 왕은 선조가 같다.

정령을 소중히 여기고 있는 만큼, 그런 일족과 자신들이 같다고 여겨지기 싫은 것은 이해된다.

정령을 대신해 우리가 숙청을— 그런 깃발을 내걸고 틈이 있으면 전쟁을 일으키려 하는 왕의 방식이, 정의라고는 도저히 생각되지 않았다.

"그 선진에 서는 건 왕이 아니야. 백성이라고……."

유이의 주먹이 분노로 떨렸다.

"아버님과 어머님과…… 수많은 백성의 시체 위에 서서, 그것이 정령을 위한 일이라는 말이라도 할 셈인가……?"

"유이 님……."

자신을 감싸다 죽어간 사람들을 떠올렸다. 그 사람들은 「제발 도망치세요」라고 목 메인 목소리로 간청했다.

왜 이런 짓을 하느냐는 분노보다도, 슬픔 쪽이 강했기에 지금껏 비관하며 살았다.

유이의 머릿속에 죽은 사랑하는 사람들의 얼굴과 지금 신세를 지고 있는 마을 사람들의 얼굴이 스쳐 지나갔다.

이대로는, 이 나라에서 살아가는 자들 전부가 희생되고 말리라.

또다시 빼앗기는 것인가 싫어 유이의 머릿속은 분노로 새빨갛게 물들었다.

"정령의 분노를 산 일족이라면, 어째서 그 땅은 정령의 은혜로 가득한 거지? 형님이 하는 말은 모순되어 있잖아! 정령이 그것을 우리에게 바라고 있기라도 하다는 거야? 웃기지 마!!"

내뱉어진 유이의 말을 티오츠와 로레는 조용히 듣고 있었다.

유이는 바로 무언가를 결의한 눈을 하고서 테이블에 기대어 세워 놓았던 검을 쥐었다. 그러자 티오츠가 당황했다.

『기다리십시오! 설마……!』

"원흉이 있다고 한다면 그쪽으로 돌려보내면 돼. 로레, 안내해줘."

『안 됩니다! 가까이 가서는 안 됩니다!!』

파랗게 질린 얼굴로 필사적으로 말리는 티오츠의 태도에 유이가 의아해했다.

평소라면 잠자코 따라와 줄 텐데, 어떻게 된 일일까.

티오츠는 비틀거리는 몸으로 유이를 말리려 했지만, 풀썩 이불 위로 쓰러지고 말았다.

“테츠!”

『티오츠! 지금은 무리다. 저주는 우리에게 있어 독이니라. 침식되어 제정신을 잃게 된다!』

“독이 침식……?”

『면목…… 없습니다…….』

티오츠는 쌕쌕 숨을 몰아쉬었다. 열이 나는 모양이었다.

유이는 손에 들고 있던 검을 다시 테이블에 기대어 놓고, 티오츠 곁으로 다가갔다.

『유이 님…… 아니, 류르 님. 저는…… 저희는 저주받은 자의 곁으로는 갈 수 없습니다. 저는 당신을 지키겠다고 어머님께 맹세했습니다. 당신이 저주받은 자에게 다가가면 갈수록, 저희는 곁에서 지킬 수 없게 됩니다……!』

“……테츠?”

가지 말아달라고 필사적으로 외치는 티오츠에게 압도되어 류르는 주춤했다.

『저주의 정체는 동포들의 비명. 우리 정령은 근본이 같기 때문에, 그 목소리에 사로잡히고 마느니라.』

"이대로 두면 테츠는……?"

무서운 생각이 떠올라버린 류르는 창백해졌다.

『간발의 차였다. 이대로 안정을 취하면 괜찮다. 그러나 다시 접근하면, 티오츠는 저주에 사로잡혀 사라질 게다.』

"그런…… 그럼 어떻게 해야 하는데?! 이대로 모두가 죽게 내버려 두라는 거야?!"

『류르…….』

"어떡하면 돼? 이대로 전쟁이 일어나는 걸 잠자코 보고 있을 수는 없다고!"

머리를 끌어안는 류르에게 로레가 말했다.

『그럴 것 없다. 이미 이 나라의 상공에는, 수백의 대정령들이 있다. 우리가 위치를 알려주는 대신에, 교섭하는 게다.』

그러나 자신의 집안사람이 엄청난 짓을 저질렀다고 한다면, 그 집안사람이 사죄하는 것은 당연한 일이 아닌가.

윗사람이 벌인 일에 휘말리는 것은 언제나 백성이다.

함께 살고 있던 기사와 시종, 메이드들. 모두 자신을 지키려다 가차 없이 살해당하고 말았다.

그런 일을 태연하게 하고, 전쟁이 일어나기를 바라고 있는 류르의 형. ―대정령이 사죄를 요구한다고 해도, 제대로 사죄하리라고는 생각할 수 없었다.

겉치레에 불과한 사죄를 하고, 좋지 않은 일을 꾸미리라.

"……로레, 나도 대정령이 있는 곳에 데려가 줄래?"

아빠는 영웅, 엄마는 정령, 딸인 나는 전생자. 7
© Matsuura, keepout 2021 / KADOKAWA CORPORATION
[NOT FOR SALE]

『류르 님?!』

『뭐라고?』

“형님이 벌인 일이 원인이라고 한다면, 핏줄인 나한테도 책임이 있겠지. 그러니 적어도 모두가 살 수 있다면. 내가 할 수 있는 일이 있다면…… 이번에는 도망치지 않고 앞을 향할 거야.”

『류르…….』

백성을 위해서. 미소 지으며 그리 말한 류르의 얼굴이, 옛 친구의 얼굴과 겹쳐졌다.

「아아, 역시 류르다」라고 로레는 생각했다.

*

유이, 아니. 류르는 금발에 푸른 눈이다. 이것은 텐바르 왕족의 특징이기도 했다.

헬그너에서 태어난 류르는 왕족의 핏줄인데도, 금발에 푸른 눈으로 태어나고 말았다.

아버지는 흑발, 어머니는 브루넷. 그러나 아버지는 자식의 얼굴을 보고 한눈에 알았다.

류르는 초대 왕을 빼닮았던 것이다.

로레와 계약한 초대 왕. 그 왕의 이름이 「류르」였다.

그러나 검은 머리카락이 귀하게 여겨지는 왕족 가운데서 금발이 태어나자, 사람들은 어머니가 부정을 저지른 것이라고 성토했다.

곤혹스러움을 감추지 못하는 주변에, 어머니와 계약했던 티오츠가 진실을 전했다.

『이 아기는 로레 님과 계약했던, 류르 님의 영혼을 계승한 아이입니다』라고.

게다가 주변의 말과는 달리, 로레가 아기 곁에서 떨어지지 않았다. 수백 년 만에 만난 류르의 영혼이 그곳에 있었다. 로레는 반갑고 기뻐서, 아기를 류르라고 불렀다.

초대 왕의 이름을 받은 류르는, 헬그너 로레 류르라는 이름이 되었다.

아기에게 찰싹 달라붙어 떨어지지 않게 된 로레의 모습을 본 선왕은 로레를 우선시했다.

로레를 경모하고, 로레를 첫 번째로 여기던 선왕. 왕은 즉위할 때 로레와 계약을 한다. 즉위할 수 있는 자는 왕족에 한하며, 그리고 검은 머리카락인 것이 조건이었다.

이대로는, 로레는 금발인 류르와 계약하고 싶어 하리라.

그러나 뿌리 깊은 흑발을 향한 신앙을 당장은 바꿀 수 없었다.

게다가 류르가 자랄수록 텐바르의 왕족과 똑 닮았다는 소문이 퍼졌다.

조상이 같으니 격세 유전이라고 하면 이해가 가능한 일이었지만, 텐바르 왕족은 당시 2백 년 정도 정령과 계약한 자가 나오지 않은 상태였다.

류르는 그들과 마찬가지로, 정령의 비호가 사라지고 말 전조가 아닐까 하는 소문이 퍼졌다.

사람들의 악의에서 류르를 지키기 위해, 선왕은 어머니와 함께 그를 변경의 저택에 숨겼다.

그때도 로레는 류르를 지키기 위해 옆에서 떨어지지 않았다.

그러나 왕도에서 로레의 모습이 사라지면 류르의 입장이 더욱 나빠질 거라며, 선왕은 그를 설득해 가능한 한 왕도에 있어 달라고 부탁했다.

자신의 눈앞에서 벗어나 있을 동안, 로레는 에레에게 협력을 구해 티오츠를 인간의 모습으로 만들어 류르의 호위로 삼았다.

선왕은 앞으로의 일을 생각하여 제1 왕자였던 듀란에게 모든 진상을 이야기했다.

함께 류르를 지키자고. 그것이 로레의 의사라고.

그러나, 그것이야말로 비극의 시작이었다.

제56화 방문자

수색을 부탁했던 대정령 쪽에서 로벨에게 저주받은 자의 목격 정보를 가진 정령을 데려가겠다는 연락을 해 왔다.

대화 자리에 제삼자가 동석하게 된다면, 엘렌의 호위도 데려가야만 한다. 반과 카이도 동석하기로 정해졌고, 모두 성으로 전이했다. 그러자 그곳은 벌집을 쑤셔놓은 것처럼 소란스러웠다.

병사가 정신없이 뛰어다니는 것이, 마치 무언가를 찾고 있는 듯했다.

"뭐, 뭐지?"

대체 무슨 일이냐며 주변을 두리번거리는 엘렌에게 카이가 괜찮다며 안심시키기 위해 웃음을 지어 보였다.

하지만 얼굴은 웃고 있어도 어딘가 경계하고 있다는 것을 알 수 있었다. 불안이 사라지지 않아서 엘렌이 걱정스레 카이를 올려다보고 있으려니, 사우벨이 슬쩍 앞으로 나섰다.

"내가 보고 오마."

그가 한 병사에게 말을 걸자, 이쪽을 눈치챈 병사가 빠르게 경례를 했다.

사우벨과 병사는 정신없이 무언가를 이야기했다. 이쪽에서는 거리가 있어서 무슨 이야기를 하고 있는지는 들리지 않았다.

"아버지, 아미엘 님 일행이 발견되었다고 해도, 비밀리에 일을 진행하고 있었을 텐데. 이 소동은 이상하지 않은가요?"

엘렌의 질문에 로벨은 으음, 하고 고개를 갸웃거렸다.

아미엘 일행의 수색은 몰래 진행되고 있었을 터다. 대정령에게로부터 연락이 있었고, 로벨이 연결해서 지금부터 왕족들과 회의가 진행되는 것 아니었냐고 엘렌이 확인하자, 무언가를 떠올렸는지 로벨이 「앗」 하고 입을 열었다.

"아버지?"

"그러고 보니 대정령이 안내역을 데려오겠다고 했었지."

네에? 하고 주변에서 놀란 목소리가 터져 나왔다.

연락을 이어주고 있던 로벨은 여기에 있다. 대정령이 정체 모를 인물을 갑자기 전이시킨다면, 사정을 모르는 성의 사람들은 놀라지 않을까?

때마침 사우벨이 이쪽으로 다가왔다.

"형님, 죄송합니다. 이제부터 침입자 수색을 할 겁니다."

"역시. 먼저 오는 바람에 소동이 일어난 건가."

"예?"

로벨의 대꾸에 사우벨이 놀랐다.

대정령이 목격자를 데려온 것이 아니냐고 묻자, 오히려 어리둥절해했다.

"아뇨, 가디엘 전하가 누군가를 끌어들인 모양이라……. 현재, 전하께 사정을 묻고 있습니다."

"전하가요?"

"어째서 전하지? 저주를 받았는데?"

"……형님은 무슨 이야기를 하고 계신 겁니까?"

"사우벨이야말로 무슨 말을 하는 거냐?"

맞물리지 않는 이야기에, 이번에는 로벨이 정령이 안내역을 데려오기로 했다는 이야기를 했다.

이 말에 사우벨도 고개를 갸웃거렸다.

"전하는 정령에게 접근하지 못하지 않습니까? 이것과는 관계가 없지 않을까요?"

"그것도 그렇군."

"일단 침입자는 병사에게 맡기고, 우리는 폐하께로 가지요."

"결계를 치면, 뭐 괜찮겠지."

로벨과 사우벨은 이런 때에 전하는 무얼 하는 것이냐며 어이없어 했다.

그러나 엘렌은 무언가가 걸렸는지, 고개를 갸우뚱한 채 입을 다물고 있었다.

「엘렌, 이리 오렴」 하고 로벨이 재촉하자, 그녀는 고개를 들었다.

로벨 옆에 서자, 그는 엘렌을 영차 하고 안아 들었다.

"폐하가 있는 곳까지 전이하자. 간다."

눈 깜짝할 사이에 시야가 바뀌었다.

로벨 일행이 전이하자, 방에 있던 라비스엘이 「왔나」 하고 말했다.

로벨의 품에서 내려서서 인사를 하려던 엘렌이 굳어졌다.

소파에 앉아서 놀란 얼굴로 이쪽을 보는 가디엘이 있었다.

"……폐하, 그분은 누구인가요?"

시선을 떼지 않고, 남자를 빤히 바라보면서 한 엘렌의 말에, 방 안 공기가 순식간에 얼어붙는 것을 알 수 있었다.

"엘렌, 그분이라는 건 누구를 말하는 거지?"

긴박한 공기 속에서 라비스엘이 질문하자, 엘렌은 의아하다는 얼굴을 하고 가디엘을 쏙 닮은 얼굴을 한 남자에게 말했다.

"당신, 누구죠?"

그 말에 주변 근위들에게서 살기가 뿜어져 나왔다. 순식간에 근위들이 남자의 주변을 둘러싸고 검을 들이댔다.

그러자 가디엘을 쏙 닮은 남자가 다급하게 소리를 질렀다.

"그러니까! 아까부터 아니라고 말씀드리지 않았습니까!!"

"……너, 가디엘이 아니라고?"

드물게도 라비스엘의 놀란 얼굴을 볼 수 있었다.

"뭐지? 내 숨겨둔 자식인가?"

"폐하, 농담으로 넘길 일이 아닙니다!!"

동석했던 재상이 화를 내자 라비스엘은 어깨를 으쓱였다.

"농담도 통하지 않다니……"

이런이런, 하고 한숨을 내쉬는 폐하의 모습에 주변의 근위들이 당황했다.

정체 모를 자가 나라의 중추에 들어왔다는 사실을 알게 된 참이다. 더 긴박해야 할 상황일 터인데도 폐하는 무슨 생각을 하는지 평소와 다름없는 태도였다.

"그나저나 빼다 박았군. 엘렌, 어떻게 알았지?"

"그분은, 저주받지 않았습니다."

"……그런가."

그럼 내 자식이 아니군, 하고 아쉬워하는 라비스엘을 보며 근위들은 일변하여 안도의 한숨을 내쉬었다.

"그래서, 너는 누구지?"

로벨은 재미있다는 듯 물었지만, 그 눈은 웃고 있지 않았다.

남자는 그것을 보고 꿀꺽 침을 삼키고 소파에서 일어나 인사했다. 그 모습에서 귀족 교육을 받은 자라는 것을 바로 알 수 있었다.

"제 이름은 유이…… 아니, 예전에는 이렇게 불렸습니다. 헬그너 로레 류르, 라고."

헬그너라는 말을 듣고 방 안의 온도가 낮아진 듯한 느낌이 들었다.

"류르…… 들어본 적이 있다. 색이 옅은 왕자가 태어났고, 십수 년 전에 사고로 죽었다고. 그게 어째서 이런 데 있는 걸까?"

"저는……."

말끝을 흐리는 류르를 무시하고, 폐하는 엘렌에게 물었다.

"엘렌, 어떻게 생각하지?"

어째서 화살을 나한테 돌리는 거야? 라는 듯한 표정을 지은 것도 한순간, 엘렌은 류르를 힐끗 보았다.

서로 시선이 마주쳤다. 잠시 서로를 바라본 뒤, 엘렌이 입을 열었다.

옛날, 로벨에게 이 세계의 일을 배웠다.

나라의 상황. 주변 나라들. 정령이란. 인간이란. 그것들을 퍼즐처럼 맞춘다.

이웃 나라는 다른 나라들과는 달리, 흑발을 신성시하고 있다. 그 신앙은 밤을 관장하는 정령에게서 왔다. 그리고 이 나라의 성립. 원래는 같은 선조를 둔 왕족들.

"당신이 안내역을 맡은 사람이군요."

"네?"

"아버지가 말했어요. 대정령이 안내역을 데려올 거라고."

"네, 네! 그렇습니다!"

"……이게 안내역?"

어째서냐고 말하는 듯 라비스엘은 미간에 주름을 잡았다.

"당신은 죽은 걸로 되어 있었을 테죠? 이름을 바꾸면서까지 숨어 있었는데, 어째서 이 자리에 있는 것인가……. 아마도 자신이 태어난 고향의 상황을 정령에게 듣고, 가만히 있을 수 없었던 건 아닌지?"

"……그걸 어떻게?"

"죽은 걸로 되어 있는 왕자의 존재. 밖으로 나오지 않는 이유. 정령과 가깝게 지내는 것 같고…… 그 머리 색으로, 헬그너에서 생활하는 건 어렵지 않을까요?"

"……."

엘렌은 마지막까지 말할 수 없었다.

흑발을 신성시하는 왕족에게서 색소가 옅은 왕자가 태어난다. 긍지가 높으면 높을수록, 집안의 수치라며 감추려 들리라.

은닉된 왕자의 존재. 죽은 것으로 취급되고 있는 현재. 이름을 바꾸고, 숨어서 살고 있던 왕자.

이것이 좋은 상황일 리가 없었다. 눈을 크게 뜬 채 놀라고 있는 류르를 보며 라비스엘은 그게 사고의 원인인가 하고 웃으며 말했다.

그 말을 들은 류르는 입술을 깨물었다. 예전 일을 떠올렸는지, 움켜쥔 주먹이 떨리고 있었다.

마침 그때 밖에서 시끄러운 소리가 들려왔다.

이 목소리는, 하고 엘렌이 고개를 들자 문이 갑작스레 벌컥 열렸다.

"폐하! 어째서 이런…… 어?"

근위들에게 끌려와 화가 난 가디엘이 있었다. 그러나 방 안에 있던 인물을 보고는 굳어졌다.

사정을 모른 채 가디엘을 데려온 근위들도, 가디엘과 류르를 번갈아 보고는 눈과 입을 크게 벌렸다.

"……나?"

"어…… 그런…… 내가 있잖아?"

가디엘과 류르가 서로를 빤히 응시하고 있었다.

그걸 본 폐하가 즐겁다는 듯이 웃었다.

"이거 좋군. 가디엘, 나란히 서봐라."

"네? 잠깐, 이게 어떻게 된 겁니까? 대체 누굽니까?!"

혼란스러워하며 가디엘과 류르가 나란히 서보니, 둘은 마치 쌍둥이 같았다.

"똑같은걸……."

"이렇게까지 닮다니…… 하지만, 이렇게 나란히 서니 아무래도 구분이 되는군요."

가디엘은 지적이고 기품이 넘쳤다. 그와 달리, 류르는 어딘가 날카롭고 야성적이었다.

키도 비슷했지만, 몸매가 전혀 달랐다. 교육을 받으며 유연하게 자란 몸과 거친 파도에 시달린 몸은, 특히 팔의 굵기가 달랐다.

피부도 류르 쪽이 햇볕에 더 탔다. 밖에서 작업하는 일이 많았던 것이리라.

흠흠 하고 주변이 두 사람을 비교하자, 더는 견딜 수 없게 되었는지 가디엘이 류르 쪽을 보며 소리쳤다.

"너는 폐하의 숨겨둔 자식인가?!"

그 말을 들은 라비스엘이 크게 웃고 있었다.

허둥지둥 「아닙니다!」 하고 대꾸하는 류르를 보며 엘렌 일행은 지친 듯 한숨을 내쉬었다.

*

그 후, 라비스엘이 사태를 수습하기 위해 가디엘에게 사정을 전부 설명했다.

로벨과 라비스엘이 넓은 테이블을 사이에 두고 앉은 것과는 별개로, 류르는 따로 의자를 가져와 앉히고 주변을 근위들로 포위하고서야 겨우 차분함을 되찾았다.

류르의 이름을 듣고서 그 정체를 안 가디엘은 눈을 크게 뜨며 놀랐다.

소파에 앉으려 하는 엘렌을 로벨이 제지했다.

"엘렌은 내 무릎 위……."

로벨은 웃는 얼굴로 그녀를 들어 올리려 했고, 엘렌은 그 손을 찰싹 때렸다.

"아버지, 자식한테서 좀 벗어나 주세요."

엘렌은 서둘러 혼자 자리에 앉으려 했지만, 체구가 큰 남성용이라 좌석이 조금 높았다.

이대로라면 영차영차 하고 올라가야만 한다고 생각한 엘렌은 살짝 날아서 부드럽게 착지했다. 엘렌은 이럴 땐 정령이라 다행이라고 절실하게 생각했다.

옆에서 지켜보던 근위들이 뿜을 뻔한 걸 필사적으로 참고 있다는 것을 엘렌은 곁눈질로 눈치챘지만, 신경 쓰지 않고 흥 하고 새초롬한 얼굴을 했다.

그 소파 뒤로 카이와 반도 자리했다.

손을 맞은 로벨은 어안이 벙벙해서 엘렌을 바라보았다. 그 모습을 곁에서 보고 있던 사우벨이 큰 한숨을 내쉬었다.

"이제는 엘렌을 숙녀로서 대해야 합니다. 이대로는 미움을 받을 겁니다."

사우벨도 그렇게 말하고는 소파에 앉았다. 그제야 겨우 현실로 돌아온 로벨이 소리쳤다.

"어째서 엘렌 옆에 앉는 거야!"

가장 오른쪽 끝자리에 앉은 엘렌 옆, 사우벨은 나란히 놓은 세 개의 의자 중 가운데에 앉았다.

엘렌을 신경 써서 그를 떼어놓으려 한 듯했지만, 로벨은 바로 전이를 써서 사우벨의 팔을 잡고 옆으로 전이시키더니 빈 가운데 자리에 자신이 냉큼 앉았다.

"재주 좋은 짓을 하는군."

라비스엘에게 그런 말을 들은 로벨은 당연하다는 듯이 가슴을 폈다.

이 행동에 엘렌과 사우벨은 몹시도 어이없어했다.

"로벨, 아직 자식한테서 벗어나지 못한 건가. 엘렌도 이젠 어린애가 아닐 텐데."

라비스엘의 말에 로벨이 거칠게 숨을 몰아쉬며 대답했다.

"못하는 게 아닙니다. 굳이 안 하는 겁니다!"

두둥—! 하는 효과음이 들려올 듯 당당하게 선언하고, 다리를 꼬며 엘렌을 향해 싱긋 웃어 보였다.

엘렌의 얼굴은 지긋지긋하다고 말하듯 미간에 주름이 잡혀 있었다.

그 모습을 류르가 어이없어하며 보고 있자, 라비스엘이 한숨을 내쉬면서 이게 우리 영웅이라며 로벨을 소개했다.

"영웅 로벨……?"

"그래. 내용물은 그저 자식한테서 벗어나지 못하는 딸바보다."

"우리 딸이 너무 귀여운 게 문제라니까!"

"책임 전가는 그만두세요. 민폐예요."

폐하와 엘렌이 가차 없이 지적했다. 그러나 엘렌이 상대해준 것이 기뻤는지 로벨은 미안, 하고 말하고 헤벌쭉한 얼굴을 했다.

"이야기를 진행해볼까. 자네는 정령을 따라왔다고 했는데, 그 정령은 어디에 있지?"

라비스엘은 류르를 돌아보며 웃는 얼굴로 물었다.

질문을 받은 류르는 자세를 바르게 하고 설명을 시작했다.

"로레에게 함께 데려가 달라고 부탁했습니다만, 여기까지 날아오기에는 힘이 부족하다며…… 대정령님께 부탁을 하게 되었습니다. 하지만, 여기에 순식간 도착한 순간…… 엄청난 소리가 나고, 로레 일행이 사라졌습니다. 그 소리에 기사님들이 왔고……."

"소동이 벌어졌다는 거로군."

"네…… 죄송합니다."

"소리라…… 그들을 데려온 대정령은 어디로 갔지?"

로벨이 염화로 말을 거는 사이, 그보다 빠르게 반이 대답했다.

"호제 님은 정령성에 계신다고 합니다."

"어째서 그쪽에……?"

"그 녀석들을 데리고 성으로 전이했더니, 다른 정령이 튕겨 나갔다고 합니다. 그대로 정령들이 정신을 잃은지라, 성으로 데려가 쉬게 한 모양입니다."

"정령이 튕겨 나갔다고?"

사우벨의 의문에 로벨이 무언가를 떠올렸는지, 이런 하고 중얼거렸다.

"아버지?"

"아…… 정령이 말이지, 접근하지 않도록…… 결계를……."

슬쩍 시선을 돌리는 로벨에게로 주변 사람들이 시선이 모여들었다.

엘렌이 결계? 하고 묻자 로벨이 한숨을 내쉬면서 설명을 시작했다.

"왕가 사람들에게 실수로 정령들이 접근하는 일이 없도록 결계를 펼쳐뒀단다. 대정령 이상이라면 문제가 없지만, 힘이 약한 정령은 저항하지 못하고 무조건 저주에 사로잡혀 버리니까……."

로벨이 머리를 긁적이며 하는 말에 엘렌은 납득했다.

성에는 정령 마법사들과 계약한 정령들이 있다. 왕가의 사람도 그들에게 접근하지 않게 하기 위해, 마법사들의 탑을 성 끄트머리에 두었다.

그래도 변덕스러운 정령들은, 이리저리 주변을 어슬렁거릴 것이 분명했다. 가까이에 왕족이 있으면 저주의 존재를 눈치채고 도망쳐 버리지만, 의외의 사고가 일어날 것을 상정하고 로벨이 왕족의 방과 본인들에게 결계를 펼쳐두었던 것이다.

게다가 운 나쁘게도, 대정령이 전이시키려 했던 곳은 라비스엘의 집무실이었다. 그래서 튕겨 나가고 만 것이리라.

"로레 일행은 괜찮은 겁니까?!"

정령이 튕겨 나가 기절했다고 듣고, 류르는 가만히 있을 수 없었다.

허둥지둥 의자에서 일어나 로벨 곁으로 가려다 근위에게 제지를 당했다.

"이쪽으로 오겠다며 성에서 날뛰고 있다고……?"

들려온 말에 반이 고개를 갸웃거렸다.

자세하게 물어보니, 튕겨 나가 정신을 잃었던 정령이 깨어났고, 성에 남겨진 류르를 걱정해 날뛰고 있다고 한다.

"어쩐지 남 얘기 같지가 않은걸."

사우벨의 한마디에 엘렌 주변에 있던 남자들이 슬쩍 시선을 돌렸다. 아무래도 자각은 있었던가 보다.

"폐하들의 결계를 축소하면 괜찮으려나. 반, 여기로 정령들을 부를 수 있겠나?"

"호제 님께 전하겠습니다."

그런 대화를 나눈 다음 순간, 공간에 불쑥 나타난 대정령이 휙 하고 로레를 내던졌다.

『꽥!』

로레의 비명이 방 안에 울려 퍼졌고, 근위 전원이 반사적으로 검 자루에 손을 가져다 댔다.

그러나 역시 고양이. 로레는 던져졌어도 공중에서 몸을 빙글 회전시켜 바닥에 착 내려섰다.

『류르! 무사한 게냐?!』

검은 고양이 로레가 소리치자, 주변에 있던 자들이 고양이라며 술렁였다.

"로레! 테츠는?! 무사해?"

류르가 안심한 얼굴을 했다.

『티오츠는 두고 왔다. 그 녀석은 한동안 움직이지 못할 게다.』

"괘, 괜찮은 거야?"

『정령계에 두고 왔으니 괜찮다. 그보다 여기는…….』

로레는 가디엘의 존재를 깨닫고 털을 세웠다.

『저주받은 자!!』

로레가 캬악 하고 이빨을 드러내자 류르는 당황했다.

"적당히 해라. 정말이지……."

호제가 로레의 목 뒤를 잡았다. 공중에 대롱대롱 매달린 로레는 한순간 무슨 일이 일어난 것인지 이해하지 못해 굳어져 있었다.

그리고 다음 순간에는 『놓지 못할까!』 하고 소리치며 팔다리를 버둥거렸다.

호제의 얼굴과 손에는 희미한 붉은 선이 몇 개나 그어졌다. 로레에게 긁힌 것이다.

호제가 류르를 보고 그쪽으로 로레를 휙 던졌다.

『냐아아아아~』 하고 포물선을 그리며 소리치는 로레를 류르가 다급히 받아냈다.

"네 걱정을 하며 크게 날뛰었다. 정말이지……."

지친 한숨을 내쉬고, 호제가 엘렌 일행 쪽으로 돌아섰다.

"호제, 고생했어요."

"오오, 공주님. 여기에 계셨습니까."

둥실 엘렌 옆에 서더니 고개를 숙인 호제는 무언가를 떠올린 듯 그렇지, 하고 엘렌에게 부탁을 했다.

"공주님, 그걸 해주시겠습니까?"

"그거?"

"주문 말입니다."

그렇게 말하며 호제가 로레에게 긁힌 손을 내밀었다.

아아 하고 쓴웃음을 지은 엘렌이 그 손을 잡았다.

"호오, 아픈 거 다 날아가라!"

엘렌은 그렇게 말하고, 호제의 상처 난 세포에 힘을 불어넣었다.

그러자 상처가 부드럽게 빛나더니, 보이지 않게 되었다.

"오오! 아픔이 날아갔습니다."

긁힌 상처는 당연하게도 아팠던 모양인지, 호제는 기뻐했다.

상처가 아물면 통증은 확실히 사라지는 법인데, 정령들은 이런 놀이를 해본 적이 없는 탓인지 엘렌과 이런 대화를 나누는 것을 재미있어하며 하고 싶다고 때때로 조르곤 했다.

발단은 훈련장에서 다친 라필리아에게 해준 것을 반 일행의 신기하게 여기면서 유행한 것이었다.

엘렌은 여신의 힘에 눈을 뜬 이래로, 조금씩이기는 했지만 원소부터 전자, 그리고 세포로 그 힘이 미치는 범위가 늘어나게 되었다.

생명의 레벤과 치료의 클리렌에게는 미치지 못하지만, 작은 상처 정도라면 이렇게 세포에 힘을 전달해 활성화시키고, 낫게 할 수 있었다.

엘렌 주변은 늘 있는 일이라며 흐뭇하게 그 대화를 지켜보고 있었지만, 라비스엘과 가디엘, 류르 일행은 놀라 아연실색하고 있었다.

그러나 이 대화는 조금 부끄러운 면이 있었고, 엘렌은 주변의 분위기를 알아차리고 얼굴을 붉혔다.

"상처를 치료했어…… 저, 정령인 거야……?"

그제야 겨우, 엘렌 일행에 관해 전혀 모르는 류르가 말을 꺼냈다.

엘렌 일행은 거기서부터 설명해야 했다며 새삼스레 깨달았다.

*

텐바르성 중추에서는, 모인 면면이 일제히 엘렌을 보고 있었다. 그런 중에 주눅 드는 일도 없이, 당당히 엘렌은 소파에서 내려와 숙녀의 인사를 했다.

"처음 뵙겠습니다. 류르 님. 저는 엘렌 반크라이프트라고 합니다."

"내 딸이다. 귀엽지?"

엘렌의 소개에 이어, 옆에서 빈틈없이 자랑하는 로벨의 모습에 엘렌은 살짝 미간을 찌푸렸다. 게다가 로벨은 「내 딸한테 접근하지 마라」며 류르에게 못을 박아두는 것도 잊지 않았다.

엘렌이 조용히 하라는 듯이 항의의 시선을 로벨에게 보냈지만, 그 시선을 받은 그는 왜 그러냐며 싱글벙글해서 딸을 바라볼 뿐이었다.

"네? 영웅 로벨의 딸……?"

놀란 듯 눈을 크게 뜬 류르의 품 안에서 로레가 그제야 엘렌의 존재를 깨달은 듯, 경악으로 물든 얼굴로 소리쳤다.

『고, 공주님?!』

“뭐?”

로레의 턱이 빠질 듯이 벌어지자 류르는 저도 모르게 걱정이 되었고, 그 턱을 밀어 올렸다.

『류르, 나에게 이럴 때냐. 이 멍청이가!』

“아, 미안. 턱이 빠진 건가 싶어서…….”

허둥지둥 로레의 턱에서 손을 뗐다. 그 틈에 로레는 류르의 품 안에서 도망쳤다.

라비스엘은 재미있는 것이 늘었다는 듯한 눈을 하고서 히죽히죽 상황의 흐름을 지켜보았다.

『고, 공주님이니라…… 어찌해야.』

류르의 품 안에서 빠져나와 바닥에 착지하기는 했으나, 어찌할 바를 몰라 허둥지둥하는 로레를 보며 대정령 호제가 어이없다는 듯 중얼거렸다.

“너, 조금 전까지 어디서 날뛰고 있었다고 생각하는 것이냐. 데려다준 나를 할퀴고, 성의 물건을 엉망으로 만들다니. 정말이지…….”

『서, 성……? 조금 전 있던 곳은, 설마 정령성인가?』

덜덜 떨고 있는 로레에게 호제는 그렇다고 답했다.

그 말을 들은 로레는 돌처럼 굳어지고 말았다.

“호제, 그쯤 해요.”

“예, 공주님.”

『고, 공쥬니…….』

완전히 굳어버린 로레는 입이 생각대로 움직이지 않는 모양이었다.

줄줄 식은땀을 흘리는 그를 보며 엘렌은 쓴웃음을 지었다.

"공주님이라는 건……."

류르의 의문에 엘렌은 어머니가 정령왕이라고 대답했다. 그러자 류르만이 아니라, 그 사실을 몰랐던 근위들도 모두 일제히 경악한 얼굴을 하고 있었다.

"알겠나? 방금 들은 말은 절대 누설해선 안 된다."

폐하의 차분한 말에 근위들은 일제히 대답했다. 가디엘은 알고 있었던지라 이쪽을 가만히 보고 있을 뿐이었다.

『어, 어째서 공주님이 이런 곳에…… 여기에는 저주받은 자가 있지 않습니까!』

로레의 경악한 목소리에 엘렌이 그쪽을 보자, 눈이 마주친 로레는 움찔했다.

"그 왕족을 찾고 있었어요. 당신이 찾아준 거죠?"

『고, 공주님이 저주받은 자를……?』

"호제랑 다른 정령들에게 듣지 못했나요? 어째서 찾고 있는지."

『네?!』

로레는 들은 말의 내용에서 겨우 본래 목적을 떠올린 듯했다.

대정령은 헬그너의 왕족이 공주님에게 손을 대려 하고 있다며 분노했다. 설마 하는 눈으로 엘렌을 보는 로레에게, 엘렌은 말했다.

"당신, 이름은?"

『저, 저는 밤을 관장하는 로레라고 합니다!』

타박타박 이족 보행으로 서둘러 다가오더니 고개를 숙이고 자기 소개를 하는 로레를 보며 엘렌은 눈을 깜빡였다.

고양이 같지 않은 그 움직임에 방에 있던 자들이 모두 놀라서 로레를 바라보고 있었지만, 본인은 눈치채지 못한 듯했다.

자기소개를 마치자, 로레는 휴우 하고 이마의 땀을 훔쳤다. 당황한 나머지 자신이 무얼 하고 있는지 자각하지 못하고 있는 것이리라.

그런 로레를 보면서 엘렌은 생각에 잠겼다.

검은 털을 가진 정령. 헬그너 왕가의 이름에 자리 잡은 그 이름. 예전에 정령 중에서도 드문 존재에 관해 이야기를 들은 적이 있다.

계약한 인간의 자손을, 죽은 후에도 줄곧 지켜봐 오고 있는 정령이 있다는 이야기를.

"당신이 헬그너 왕족을 지키던 정령이군요."

『네, 네……. 그러합니다.』

"당신, 헬그너에 있었던 거죠? 왕이 무슨 생각을 하고 있는지 아나요?"

엘렌의 직접적인 질문에 로레는 귀를 축 늘어뜨리고 말았다.

『죄송합니다……. 저는 12년 전에 류르가 살해당할 뻔했던 후로, 성에는 접근하지 않고 있습니다.』

"그럼, 그동안 헬그너에는 정령이 없었다는 건가요?"

『…….』

로레의 침묵을 긍정으로 받아들인 엘렌은 어째서 그들이 자신을 노리고 있는지 드디어 이해할 수 있었다.

반크라이프트령에서의 엘렌의 활약을 듣고, 그 은혜를 받으려 한 것인지도 모른다.

로레의 말을 바탕으로 엘렌은 지금까지의 일을 머릿속으로 정리했다.

아미엘이 발견되었다고 하니 이제 데리고 돌아오기만 하면 되겠지만, 그렇게 간단히 일이 진행될 거라고는 생각할 수 없었다.

입을 다물고 생각에 잠긴 엘렌을 걱정스레 바라보던 사우벨이 물었다.

"달리 또 뭐가 있는 거니?"

"아뇨, 그저……."

"왜 그러니?"

사우벨의 재촉에 엘렌은 입을 열었다.

"뭔가…… 걸리는 기분이 들어서."

"걸린다고?"

금발의 왕자가 태어난 것을 싫어하며 숨긴 일에 분노하여 왕족에게서 멀어졌다고 한다면, 이야기는 통하는 듯했다. 그러나 그 이상으로 무언가 감춰진 듯한 느낌이 들었다.

엘렌은 로레가 무언가를 품에 두고 있다고 여기며 로레를 빤히 바라보았다.

그 시선을 눈치챈 로레는 땀을 줄줄 흘리며 얼어붙어 있었다.

"저기…… 로레를 너무 탓하지 말아주시겠습니까? 제가 이야기하겠습니다."

류르의 발밑에서 굳어버린 로레를 감싸듯이, 류르가 그 품 안에 로레를 감추자 엘렌은 시선을 들었다.

"그렇다면, 다시 이야기를 시작해볼까. 우리 조카딸을 찾아주었나 보더군. 감사하네."

라비스엘이 미소를 지으며 감사 인사를 했다. 그 뒤를 따라, 옆에 있던 가디엘도 인사를 했다.

류르는 자세를 바르게 하고 라비스엘과 엘렌을 보고서 설명을 시작했다.

"……제가 있던 마을에 수상한 귀족이 드나들고 있었습니다. 처음에는 제게 보내진 자객이라고 여겼습니다. 테츠가 정찰을 나갔을 때, 저주받은 자가 있다고 보고를 해줘서……."

"테츠?"

"아, 여기에는 없지만……. 티오츠라고 하는 고양이 정령이었습니다."

"이었습니다?"

과거형으로 말하는 것은 어째서일까? 그 말투에 엘렌은 고개를 갸웃거렸다.

『티오츠는 나의 권속. 고양이 모습을 한 채로는 류르를 지키기 불안해서 언니에게 협력을 받아 인간 모습을 하고 있었습니다.』

"당신 옆에 인간 모습을 할 수 있는 정령이 있었다는 뜻?"

『아니요. 그것은 불가능한 일입니다. 저와 언니의 힘을 주어, 억지로 인간 모습으로 움직이게 했습니다.』

그런 일이 가능한 거냐며 엘렌이 로벨을 보자, 로벨도 처음 듣는 일인지 놀라고 있었다.

"지금, 오리에게 염화로 물어봤는데, 가능하다고 하네."

"그렇군요."

아직 모르는 일이 많다며 엘렌은 감탄했다.

정령은 어느 일정 이상의 힘을 요구한다. 그런 힘이 있다면, 로레도 인간의 모습을 할 수 있느냐고 물었더니 로레는 못 한다고 말했다.

로레 혼자서는 류르를 데리고 전이할 만한 힘이 없어서, 대정령에게 부탁해 데려왔다고 한다.

"아아, 그렇군. 인간형을 취할 수 있는 주제에 힘이 약하다고 했더니, 그렇게 된 거였나."

호제가 이제야 납득했다며 끼어들었다.

『저는 밤을 관장합니다. 언니는 낮. 우리는 둘이 하나. 언니가 없으면 힘이 나오지 않습니다…….』

"낮의 정령…… 그건 설마."

가디엘이 머뭇거리며 로레에게 질문했다.

『언니는 교회 본부에 있느니라!』

"역시……."

그 말을 듣고 눈을 동그랗게 뜬 가디엘의 모습에 의문을 느끼고 무슨 일이냐며 엘렌이 로벨에게 묻자, 그 답을 가르쳐주었다.

"교회 본부에는 여신 신앙을 상징하는 여신상이 있지. 그걸 지키는 수호 정령이 있단다. 그게 새하얀 고양이였지."

『언니입니다!』

그 수호 정령과 한 쌍이 되는 정령이 눈앞에 있다고 생각하면, 그건 확실히 놀랄 만한 일이리라.

로레도 또한 헬그너에서 흑발을 귀한 상징으로 만들 정도의 존재였다.

거기까지 생각하고 엘렌은 또다시 무언가가 걸렸다.

'어째서 로레는 류르 님 옆에 있는 걸까……'

로레는 류르와 계약을 맺지 않은 것 같았다. 로레가 헬그너의 왕족을 지켜본다고 한다면, 류르는 그저 왕족 중 한 명에 지나지 않았다.

헬그너를 배신했다고 여겨지는 선조와 같은 색을 가진 류르를 감쌀 이유가 어디에 있을까.

연을 끊는 자리에 있었다고 한다면, 텐바르의 선조는 로레에게 있어 배신자에 가깝지 않을까 하고 상상했다.

그런 마음이라면, 로레는 류르를 좋게 여기지 않았던 다른 왕족과 같은 입장이었으리라.

류르를 동정해서 곁에 있었다고 해도, 다른 왕족을 버려둘 이유로는 조금 부족한 듯 느껴졌다.

"……엘렌?"

"네?"

로벨의 걱정스러운 목소리에 의식이 현실로 돌아왔다.

퍼뜩 고개를 들어보니, 방 안에 있는 사람들이 엘렌을 보고 있었다.

"죄, 죄송해요."

생각에 잠겨 이야기를 전혀 듣지 않고 있었다. 혼나는 게 아닐까 했는데, 폐하는 조금 전부터 엘렌이 생각에 빠져 있던 이유를 이야기하라고 했다.

난처해하면서도 엘렌은 류르의 무릎 위에 앉은 로레에게 시선을 떨어뜨렸다.

"……어째서 로레는 류르 님 옆에 있는 것일까 하고, 신경이 쓰여서."

『고, 공주님?』

"오랫동안 헬그너 왕족을 지켜보았잖아요? 왕족 한 사람이 격세 유전으로 태어났다는 이유만으로는, 로레가 류르 님의 곁에 있는 이유로는 부족한 것만 같아요."

"그, 그건……"

"당신, 류르 님에게 무언가를 하지 않았나요? 그것이 원인이 되어, 류르 님이 노려지고 있는 건?"

"……뭐?!"

엘렌의 말은 핵심을 찌르고 있었다. 로레는 움찔하며 몸을 떨었다. 엘렌의 말에 류르도 놀란 듯 로레를 쳐다보며 물으려 했다.

"그건…… 내 영혼이 원인이었던 게 아니야?"

"영혼?"

"로레한테 들었습니다. 그, ……제 영혼이, 헬그너의 초대 왕과 같다고."

"영혼이, 같아?!"

주변 사람들도 어찌 된 일이냐며 놀랐다. 그 이상으로, 엘렌이 놀라 큰 소리를 내고 말았다. 무심코 엘렌은 자리에서 일어나 그대로 류르 옆까지 달려갔다.

"엘렌?"

엘렌의 행동에 모두가 놀랐다. 그러나 엘렌은 그 사실을 깨닫지 못한 채 류르에게 질문 공세를 해댔다.

"영혼이 같다는 게 무슨 뜻이야?! 격세 유전이 아니었던 거야? 기억은? 그때의 기억은 있어?!"

"아, 저기, 잠깐만……!"

엘렌은 믿을 수 없었다. 같은 영혼을 가지고 전생한 존재가 눈앞에 있었다.

자신과 비슷한 존재가, 눈앞에 있다.

"엘렌, 진정하렴."

"아!"

뒤에서 휙 들어 올려져, 로벨의 품 안에 갇혔다.

"대체 왜 그러니? 별일이구나."

"아버지, 류르 님과 이야기하게 해주세요!"

엘렌의 부탁에 로벨과 가디엘, 그리고 카이가 눈을 크게 부릅떴다.

"안 돼."

세 사람이 동시에 말했다.

거기에 무심코, 엘렌은 깜짝 놀라 눈을 깜빡였다. 그 얼굴은 어째서 세 사람이? 라고 말하고 싶은 듯했는데, 더는 참을 수 없었던 폐하의 실소가 그 교착된 분위기를 바꾸었다.

"아하하핫! 이 녀석들 정말로 구제할 도리가 없군!"

다른 사람들은 어처구니없어하고 있었다.

한바탕 웃고 난 폐하는 엘렌에게 말했다.

"아, 엘렌. 나도 신경 쓰이지만 그건 나중에 하거라. 먼저 물어야 할 것이 아직 있을 테지?"

"……아, 네."

풀이 죽은 채, 엘렌은 로벨의 품 안에서 로레를 다시 바라보았다.

"영혼이 같다는 이유로, 당신 류르 님에게 뭔가 한 거죠?"

『…….』

로레는 창백해진 채 굳어버렸다.

그 모습에서, 혹시 본인에게도 그럴 마음은 없었던 것이 아닐까 하고 엘렌은 깨달았다.

"설마 당신…… 그렇게 될 거라고 생각도 못 했던 건가요?"

『그럴 수가…… 내 탓인 건가?』

로레가 저지른 일이 류르 주변 사람들의 분노를 부채질했다고 한다면.

그런 일을 하지 않았다면, 류르는 그 저택에서 지금도 가족과 함께 살고 있었을지도 모른다.

『그런…… 그런…….』

휙휙 고개를 젓는 로레는 좀처럼 이유를 말하지 않았다.

그러나 라비스엘이 무언가를 깨달은 듯 그것을 소리 내어 말했다.

"혹시…… 이름인가?"

"……이름?"

"류르라는 이름은, 헬그너 초대 왕과 같은 이름이거든."

"당신, 초대 왕의 이름을 준 건가요?!"

류르는 머리 색이 옅다. 그것만으로도 상황이 안 좋건만, 배신자와 같은 색을 가진 왕자에게 초대 왕의 이름.

이 충격은 헬그너 왕족에게 있어 받아들일 수 없었으리라.

"과연. 목숨을 노리고 들 만도 하군."

왕족이기에 알 수 있다.

색에 연연하는 왕족. 로레를 경모하며 검정이 고귀하다고 여겨왔는데, 로레는 배신자와 같은 색을 골랐다.

헬그너의 왕은 로레에게 배신당했다고 생각하고, 다른 정령을 욕심냈다. 그것이 이번 사건과 연결되어 있었다.

"이걸로 헬그너 쪽 상황은 대략 알았지만, 문제는 자네로군."

라비스엘은 싱긋 웃으며 류르를 보았다.

왕의 시선을 받고 류르는 오한을 느끼며 무심코 등줄기를 곧게 세웠다.

"그렇게까지 노려지는 자네가, 어째서 우리에게 손을 빌려주지? 목적이 뭔가?"

라비스엘의 눈은 더는 웃고 있지 않았다. 류르를 이웃 나라의 왕자로 규정하고, 적으로 보고 있었다.

"……정령에게 들었습니다. 저주받은 자와 형님…… 헬그너 왕이 공모해서, 정령의 보물을 훔치려 하고 있다고."

꿀꺽 침을 삼킨 류르는 라비스엘을 똑바로 바라보았다.

"부탁드립니다. 헬그너를 없애지 말아주십시오!!"

"……없애? 전쟁을 멈추는 것이 아니라?"

"헬그너의 상공에는 분노한 대정령이 잔뜩 계십니다. ……헬그너를 없애버리고 싶다 하셨다고, 로레가 가르쳐주었습니다."

"없애버려?!"

그 말에 엘렌 일행이 놀랐다.

"이게 어떻게 된 건가요?"

어찌 된 일이냐며 엘렌이 호제를 보자, 태연한 얼굴로 호제는 당연하다고 대답했다.

『우리 보물을 훔치려 하고 있단 말입니다. 그러한 행동에 나서는 인간 따위 나라째 바로 없애버리고 싶었습니다만, 여왕님이 그건 안 된다고 말씀하셨습니다.』

"어머니가……?"

"나라를…… 없애?"

놀란 인간들을 보며 호제가 위압을 시작했다.

"자만하지 말아라. 인간놈들. 너희는 여왕님과 공주님의 온정으로 살아 있는 것에 지나지 않는다."

"호제, 멈추세요!"

갑자기 날아든 호제의 위압에 방 안에 있던 인간들과 정령이 두려워하며 무릎을 꿇었다.

엘렌이 급히 말리자 호제는 태연한 얼굴로 위압을 지웠다.

"호제, 여기는 이제 됐으니까 일단 성으로 돌아가 주겠나?"

"알았습니다."

로벨의 말을 받아들인 호제가 사라졌다.

"……죄송해요. 류르 님은 나라가 사라질 거라고 생각해서, 숨겼던 몸을 드러낸 거로군요."

"아, 그, 그렇, 습니다……."

호제의 위압 탓에 여전히 숨을 제대로 쉴 수 없는 것인지, 류르는 가슴께를 무르면서 새파래진 얼굴로 어떻게든 대답을 하려 했다. 다른 자들도 숨이 막히는 듯 헐떡였다.

그중에서도 라비스엘과 가디엘이 큰일이었다.

호제의 힘에 닿은 탓에 저주가 촉발되어버렸고, 결계 안은 저주가 일렁이며 새까맣게 물들어 있었다. 안에 있는 라비스엘과 가디엘에게서는 반응이 없었다. 아마도 기절한 것이리라.

라비스엘과 가디엘 주변만, 검은 구체로 뒤덮인 듯한 상태가 되어 있었다. 이것은 근위들의 눈에까지 보일 정도로 짙었다.

그러나 가디엘 쪽만 농도가 옅은 듯해서 로벨은 미간을 찌푸렸다.

"개인에게도 결계를 펴둔 게 정답이었군."

로벨의 결계가 벽이 되어, 저주가 주변으로 뿜어져 나오지 않은 듯했다.

이전에 엘렌에게 접근한 가디엘 건에서 로벨이 대책을 취한 것이 효과를 본 듯했다.

그러나 이래서는 대화를 나눌 상황이 아니었다. 휴식을 갖자고 제안한 로벨은, 결계를 넓혔다. 그리고 저주의 농도가 진정될 때까지 출입은 금지라며 엘렌과 정령들을 중심으로 사람들을 방에서 쫓아냈다.

'가디엘…… 괜찮을까.'

엘렌은 걱정스레 닫힌 방 쪽을 바라보았다.

전에 함께 쓰러졌을 때는, 일주일 정도 자리에 누워 있어야 했다. 해열제를 줘야 할까 하고 초조해하고 있으려니, 카이가 엘렌을 불렀다.

"엘렌 님, 이쪽으로."

"아, 네……."

카이에게 손을 잡힌 채 문득 생각했다. 지금이라면 이야기를 할 수 있지 않을까 하고.

"저기……!"

엘렌이 류르 일행에게 말을 걸었다. 세 명의 근위와 류르 일행이 엘렌을 보았다.

"이야기, 할 수 있을까요?"

엘렌이 조심스럽게 류르에게 물었다. 딱히 거절할 이유가 없었던 류르는 「좋습니다」 하고 답하려 했다. 그러나 그 엘렌의 옆에 있는 인물에게 위압을 받고 멈칫했다.

"아, 그……."

류르는 엘렌의 뒤에 선 반과 카이가 노려보는지라 머뭇거리면서도 「여러분과 함께라면……」 하고 쓴웃음을 지으며 대답했다.

"그럼, 방을 준비하겠습니다."

근위 중 한 명이 그렇게 말하며 방으로 안내해주었다.

*

정령성은 날뛰던 로레가 사라지고서야 겨우 진정되고 있었다.

여전히 안정되지 않은 여왕에게 영향을 미쳐서는 안 된다며 정령들이 기척을 지우기 위해 결계를 펼치는 등, 바빴다.

고양이였던 로레는 재빨랐고, 잡으려는 정령들을 할퀴고, 선반에 놓인 도자기를 깨거나 하는 등, 정말이지 성대하게 날뛰었다.

그러나 축 늘어진 채 움직이지 않게 되어버린 티오츠는 레벤과 클리렌이 담당했다.

마법으로 정리를 한 정령들이 겨우 태풍이 물러갔다며 안심한 것도 잠시, 좀처럼 모습을 드러내지 않는 여신의 기척 둘이 나타나면서 다른 의미로 안색이 창백해졌다.

수경으로 엘렌의 모습을 보고 있던 오리진은 로레 일행이 성에 있었다는 발언에 놀랐다.

"어머나, 밤의 아이가 여기 있었니?"

주변을 둘러보고 결계가 펼쳐져 있다는 것을 떠올렸다. 이 결계의 영향으로 기척을 눈치채지 못한 것이라 납득하고 다시 수경으로 시선을 돌리려 했다. 그때, 갑자기 문이 열렸다. 거기에 있던 인물의 범상치 않은 모습에, 오리진은 눈을 깜빡였다.

"오, 오리진 님! 크, 큰일입니다……."

"어머나? 어쩐 일이야? 네가 그렇게 허둥대다니 별일이네."

재상을 맡은, 반의 아버지인 빈트가 파랗게 질린 얼굴을 하고서 허둥대고 있었다.

오리진은 무슨 일이냐며 고개를 갸웃거렸다. 빈트는 화가 나면 성격이 달라지긴 하지만, 당황하는 일은 매우 드물었다.

"쌍둥이 여신이 오셨습니다!"

"어머? 언니들이?"

기뻐하며 표정이 환해지는 오리진과는 대조적으로, 주변에 있던 정령들도 반의 말에 안색이 파리해졌다. 그 이유는, 쌍둥이 여신의 자유분방함에 있었다.

문 한가운데에서 숨을 헐떡이고 있던 반이 갑자기 뒤에서 훅 떠밀려 비틀거렸다.

"으아앗!"

"오리진! 몸 상태는 좀 어때? 갑작스럽지만 놀러 왔어!"

"어머 어머, 이런 데 틀어박혀 있는 거야? 결계라니, 답답하지 않아?"

둘의 모습은 똑같다. 생김새도 머리 모양도 체형도, 입고 있는 옷조차 똑같았다. 그저 머리카락과 눈 색만이, 금색과 은색으로 나뉘어 있는 쌍둥이 여신.

모든 것을 내다보는 보르와 단죄의 바르다. 보르가 금발, 바르가 은발이다.

머리카락은 오리진과 마찬가지로 부드러운 웨이브를 그렸고, 바닥에 닿을 것만 같을 만큼 길었다. 오리진과 마찬가지로 두 여신은 역시 자매라며 고개를 끄덕일 만큼 가슴이 컸다.

"무, 무슨 짓이십니까! 오리진 님의 몸 상태를 확인하고서 말씀드리겠다고 했을 텐데요!"

불쑥하고 빈트의 머리에서 뿔이 두 개 솟아 나왔다. 격노의 편린을 보인 빈트를 두 여신이 곁눈질하며 싱긋 웃었다.

거기서 안 좋은 예감을 느끼고 빈트뿐만 아니라, 주변 정령들까지 순식간에 사라져버렸다.

"칫, 도망쳤어."

"결계가 그대로라는 건 가까이에 있다는 거지. 어떡할래~?"

"찾아내서 노는 것도 좋겠지만, 뭐 됐어. 노는 것보다 먼저 해야 할 일이 있잖아."

"그렇지. 그렇게 하자."

키득키득 웃는 언니들의 모습을 보며 오리진은 적당히 해줘~라며 웃었다.

모든 것을 내다보는 여신들에게 맞서면 부끄러운 과거가 들통난다. 그 탓에 모두는 약점을 잡혀 있었다.

단 한 사람, 오리진의 남편이 된 로벨만이 두 여신과 만나 과거를 들추어져도 태연했다.

오히려 그것을 역이용해서 오리진에게 호소하는 것이다. 이런 부족한 자신이라도 받아주겠느냐며.

그렇게 둘만의 세계에 들어가 버리면 이 두 사람은 더는 장난을 칠 수가 없었다. 오히려 존재조차 잊히고 마는지라, 이 방법을 쓸 수 없는 로벨은 쌍둥이 여신에게 있어 강적이었다.

엘렌이 쌍둥이 여신과 만난 적이 없었던 것은 그가 딸을 장난감 삼는 걸 참을성싶냐며 엘렌을 무조건 감추었기 때문이었다.

여기에 주변 정령들도 동의해, 무조건 엘렌을 감춰댔다.

로벨은 오리진의 힘을 받아, 공간을 관장하는 정령으로서 다시 태어났다. 평범한 인간이던 때의 몸을 그대로 이어받았기 때문에 그렇게까지 힘이 있지는 않았다.

그러나 엘렌에 관해서는 전력을 다해 숨기는지라, 쌍둥이 여신은 오히려 그렇게까지 하는 거냐며 웃어 넘겼던 것이다.

"어쩐 일이야~? 여기에 오는 일은 좀처럼 없으면서."

"엘렌이 크고 나면 만나겠다고 약속했지만, 그런 말을 하고 있을 상황이 아니게 됐거든."

고개를 갸웃거리는 오리진의 눈앞에 바르가 휙 내민 것은 하얀 고양이였다.

"어머나?"

뒷덜미를 잡혀 대롱대롱 매달린 상태가 된 하얀 고양이는 핼쑥한 얼굴을 하고 있었다.

"혹시 낮의 아이?"

"맞아. 그 수경 너머에 있는 건 밤의 아이. 우리와 같은 한 쌍의 정령이지."

『오, 오랜만에 뵙습니다…… 여왕님…….』

"아~! 생각났어~! 너, 에레였지!"

짝하고 손뼉을 치면서 기뻐하는 오리진을 보며 쌍둥이 여신은 한숨을 내쉬었다. 에레는 낮을 관장하는, 로레의 반신이었다.

"오리진, 전에 낮의 아이의 바람을 이뤄줬었지?"

"맞아. 재미있을 것 같아서 이뤄줬어. 그립네."

"확실히 필요하기는 했지만, 그게 원인이 돼서 이런 일이 벌어졌다는 건 알고 있을까?"

"어라~?"

오리진은 고개를 갸웃거렸고 쌍둥이 여신은 동시에 한숨을 내쉬었다.

"이대로는 좀 좋지 않은 방향으로 인간들이 움직이고 말 거야. 그래서 엘렌한테 부탁이 있는데……."

"어머~ 엘렌을 이용하는 걸 로벨이 허락할까?"

"허락하든 말든, 이대로는 인간과 정령이 적대해버리게 된다고."

보르가 신묘하게 말했다. 그 말에 눈을 깜빡이던 오리진은 무슨 뜻이냐며 미간을 찌푸렸다.

"인간의 신앙은 분명 진짜지만, 그건 얇은 천 같은 것일 뿐이야. 흠모하던 상대에게 배신당했다고 생각하면, 그 천은 가차 없이 찢기지."

바르가 한숨을 내쉬었다. 두 사람의 모습에서 예사롭지 않은 일이 일어나려 하고 있다는 것을 알았다.

"이걸 바꿀 수 있는 건, 엘렌뿐이야."

"……딸에게 해는 없을까?"

"그건 괜찮아. 어찌 됐든 정령을 좋아하거든, 그 남자는."

"어느 한쪽의 입장에 치우쳐서는 안 돼. 엘렌뿐이야."

보르와 바르가 그렇게 말하며 고개를 끄덕였다.

오리진의 걱정과 함께 주변 마소가 불안정하게 일렁였다.

"어머나."

"세상에."

보르와 바르가 주변을 둘러보더니, 오리진의 배 쪽으로 시선을 주었다.

오리진도 자신의 배를 쓰다듬으며 달래듯이 말했다.

"너도 걱정이구나. 괜찮아. 우리 딸이고, 네 언니인걸."

다만, 하고 오리진은 말을 이었다. 문제가 있다고 한다면, 그것은 엘렌 주변에 있는 과보호를 하는 이들의 존재이리라.

"소란스러워지겠네……."

이것만큼은 어쩔 수가 없다며 오리진은 한숨을 내쉬었다.

제57화 전생자

근위가 방을 준비해주었고, 엘렌 일행은 그쪽으로 이동했다.

지금까지 있던 방은 성의 중추를 담당하는 곳이었기 때문에, 준비된 방과는 상당히 거리가 있었다.

류르는 풀이 죽은 로레를 품에 안고서 때때로 그 등을 걱정스레 쓰다듬었다.

엘렌도 걱정이 되어 힐끗 보고 있으려니, 잡고 있던 손에 꼬옥 힘이 실리는 것이 느껴졌다. 엘렌은 카이 쪽을 바라보았다.

이쪽을 보고 있던 카이의 표정은 왠지 슬퍼 보였다. 어째서 그런 얼굴로 엘렌을 보고 있는 것인지 이해가 되지 않아 엘렌은 동요하고 말았다.

"카이 군, 왜 그러나요?"

"……엘렌 님은 류르 님이 신경 쓰이십니까?"

"네?"

신경 쓰이느냐고 묻는다면 그렇다고 말할 수밖에 없었다.

자신과 마찬가지로 전생한 류르. 여러 가지로 이야기를 하고 싶다고 생각한 순간, 엘렌은 자신 안에서 달칵하고 무언가가 맞아들어간 기분이 들었다.

도중에 통로 옆으로 아름답게 정리된 정원이 보였다. 자신의 마음 상태와는 다른 그 평온한 분위기에 엘렌은 자신이 허둥대고 있었다는 것을 깨달았다.

"……묻고 싶은 게 있었는데, 답이 나오고 말았네요."

"네?"

조금 전까지와는 전혀 다르게 차분한 엘렌의 모습에 이번에는 카이가 당황하고 있는 것이 전해졌다.

지금까지의 일을 반추하고, 냉정하게 생각하면 알고 싶었던 대답 같은 건 바로 알 수 있을 터였다.

류르의 영혼이 자신과 마찬가지로 전생했다고 듣고, 얼마나 동요했는지를 자각했다.

엘렌이 알고 싶었던 것은, 류르에게 과거의 기억이 있는가였다.

류르에게 기억이 있다면, 헬그너는 이렇게까지 심각한 상태에 빠지지는 않았으리라.

기억이 있다면, 시야가 넓어져 행동 선택지가 늘어난다. 영혼에 관한 것도 로레가 가르쳐주었다고 말했다. 류르가 했던 얼마 안 되는 말의 내용만으로도, 기억이 없다는 것은 명백했다.

게다가 모두의 눈이 있는 상황에서 영혼의 윤회에 관한 이야기는 절대 할 수 없다. 이렇게 차분한 상황이 될 수 있었던 것은 어떤 면에선 다행스러운 일이었다.

더욱이 눈치챈 것이 있었다. 로레가, 어째서 초대 왕의 이름을 경솔하게 붙이고 말았는지.

"재회해서, 기뻤던 거구나……."

"……."

엘렌의 중얼거림에 카이는 무어라 말하면 좋을지 알 수 없었다.

그저 잡은 손에, 자신의 존재를 나타내려는 듯이 아주 살짝 힘을 실는 것밖에 할 수 없었다.

*

마주 놓인 소파에 앉아서 메이드가 타준 홍차를 마셨다.

세 명의 근위가 감시로 붙어 있었지만, 그 긴박한 자리에서 벗어날 수 있었기 때문인지 류르는 눈에 띄게 안심한 얼굴을 하고 있었다.

"그래서, 저한테 묻고 싶은 게 무엇입니까?"

"그게 말인데요……. 조금 생각했더니 답이 나오고 말았다고 할까……."

엘렌이 말끝을 흐리자, 류르는 눈을 동그랗게 떴다.

"답?"

"영혼에 관해서 묻고 싶었어요. 류르 님은 기억이 없으시죠?"

"……그러네요. 태어나기 전의 기억 같은 건 없는데요."

당황하면서도 웃고 있는 류르를 보며 납득했다.

엘렌과 상황적으로는 비슷해도 전혀 달랐다. 기억이 있어서 행동할 수 있는 엘렌과, 본인에게 자각도 없는데 주변은 전생이라며 소란스러운 류르.

"곤란하겠네요. 기억 같은 것도 없는데 초대 왕과 같은 사람이라고 하니."

엘렌이 웃자 류르는 허를 찔렸는지 처음에는 놀라 눈을 동그랗게 떴지만, 바로 쓴웃음을 지었다.

"맞습니다. 저는 저, 인데 말이죠……."

류르는 로레를 보았다. 로레는 그 시선을 견딜 수 없었는지 바로 눈을 피하고 말았다.

"로레는 기뻤던 거예요. 소중한 사람과 재회할 수 있어서."

"……그거, 꽤 복잡한데요."

조금 슬픈 듯이 말하는 류르의 모습에 엘렌은 바로 깨달았다.

"지금의 당신을 통해서, 로레가 초대 왕을 보고 있는 건 아닐까 생각하고 있군요."

"윽!"

엘렌의 말에 놀랐는지, 류르는 어떻게 알았느냐며 눈을 동그랗게 떴다. 로레는 그 말을 듣고 당황했다.

『아, 아니다! 류르는 류르니라!』

"아, 응…… 그건 그런데."

어딘가 모르게 침울한 류르에게 로레가 말하고자 하는 바를 엘렌이 대신 전했다.

"이름이 같은 바람에 혼동돼서 판단이 안 되는 거로군요. 있죠, 본질은 다르지 않아요."

"본질?"

"로레가 말하는 건 영혼이고, 당신의 바탕이 되어 있는 것. 정령은 영혼에 끌리거든요."

"정령이…… 영혼에 끌린다고요?"

"정령은 싫은 사람에게는 다가가지 않아요. 계약할 수 있는 건, 착하거나 함께 있어서 즐겁다고 느끼는 사람. 그건 영혼이라고 할까, 그걸 구성하고 있는 마소를 통해서 전해져 오는 거예요."

"……영혼을 구성하고 있는, 마소?"

"정령의 본질이라고 할까, 그 부분에 관해서는 그리 자세히 말할 수 없지만…… 로레는, 당신이라는 영혼을 보고 있는 거예요. 함께 있어서 즐겁고, 기쁘고…… 소중하다고 생각되는 사람. 옛날, 아주 소중했던 사람의 영혼과 다시 만나서, 로레는 기뻤던 거죠."

"소중한, 사람……."

"로레에게는, 옛날의 당신이든 지금의 당신이든 다르지 않아요. 중요한 건 영혼이 같다는 것뿐. 로레는 과거의 초대 왕을 당신과 겹쳐 보고 있는 게 아니에요. 제대로 지금의 당신을 보고 있어요. 거기에 기억은 관계없죠. 예전엔 이랬다든가, 그런 말을 들은 적 없죠?"

『고, 공주님…….』

"들은 적 없다……고 할지, 로레가 말을 할 수 있다는 건 얼마 전에 알았습니다."

"네? 그런가요?"

영혼이 같을 뿐, 로레는 류르에게 과거를 강요하지 않았다.

"로레가 예전의 그 사람과 겹쳐 보고 있다면, 이미 말을 하고 추억 이야기라도 하지 않았을까요?"

"……확실히."

로레는 어찌 설명하면 좋을지 알 수 없었던 것뿐이리라. 엘렌이 전부 대신 전해준 덕분에, 류르가 당황하던 원인이 거기에 있었다는 것을 알았다.

엘렌이 류르의 곤혹스러움을 이해하고 설명해주었기에, 류르도 간단히 답을 얻을 수 있었던 것 같았다.

"본질이 같다, 라……. 내가 로레를 소중하게 여기는 마음이 그런 걸까?"

"그러네요. 간단히 바꿀 수 없는 마음 그 자체. 그것과 마찬가지로 로레도 당신을 소중하다고, 영혼을 통해 생각하고 있는 거예요."

"……그런가."

류르는 미소 지으며 소파 등받이에 깊게 몸을 묻었다. 무릎 위에 자리가 난 것을 보고, 로레가 익숙한 듯 무릎 위로 뛰어올랐다.

두 사람의 거리가 좁혀진 순간이었다. 사랑스럽다는 듯이 로레를 바라보는 류르의 표정에 엘렌도 안심했다.

『류르…… 나의 경솔한 행동 탓에…… 미안하구나.』

"이미 과거의 일인걸. 신경 쓰지 마. 나는 로레와 테츠랑 함께 있을 수 있어서 행복해."

『……윽!』

로레는 어리광을 부리듯 머리를 류르에게 문질렀다. 그에 답하듯 쓰다듬으며 어리광을 받아주는 류르의 모습에 옆에서 지켜보던 엘렌도 마음이 편해졌다.

"잘됐네요. 그렇죠?"

기뻐져서 무심코 옆에 있던 카이에게 동의를 구했다.

엘렌의 미소를 가까이에서 본 카이는 한순간 얼어버렸지만, 금세 부드럽게 웃으며 「네」 하고 대답했다.

'……어라?'

평소의 카이와 뭔가 다른 느낌이 들어서 엘렌은 눈을 깜빡였다.

'기분 탓이려나……?'

뭔가가 걸리는 듯했지만, 기분 탓인지도 모른다.

스르로도 잘 알 수 없어서, 엘렌은 왠지 난처해졌다.

"공주님, 이왕이면 여기서 먼저 그 여자가 있는 곳을 물어보는 게 어떻겠습니까?"

등 뒤에서 불쑥 다가온 반이 엘렌과 카이 사이에 손을 넣고서 서로의 시선을 차단했다.

카이는 뭔가 불온한 분위기를 반에게 보내고 있었지만, 엘렌은 눈치채지 못한 채 끄덕였다.

그 모습을 보고 있던 류르 일행이 눈을 동그랗게 떴다.

"……그런가. 다른 위치에서 보면 일목요연하네."

류르는 엘렌과 나란히 있는 카이를 보고, 자신들에게 대입해보고는 쓴웃음을 지었다.

"하지만, 말해도 될지 고민되는걸……."

공주님의 주변은 매우 복잡해 보인다고 류르는 생각했다.

*

엘렌 일행이 대화를 나누고서 다시 몇 시간이 지났을 때, 로벨은 라비스엘과 가디엘의 상태를 번갈아 살피고 있었다.

로벨은 공간을 관장하는 정령으로서의 힘이 있기에, 자기 자신에게 결계를 펼쳐서 닿을 수 있을 만큼 왕족에게 접근할 수 있었다.

가까이에서 양쪽을 살피고 있기에 알 수 있는 것이 있었다. 그 사실에 로벨은 고개를 갸웃거렸다.

'어떻게 된 거지……?'

라비스엘과는 달리, 가디엘의 저주가 진정되는 것이 너무 빨랐다.

라비스엘의 주변은 여전히 저주가 시커멓게 소용돌이치고 있건만, 가디엘 쪽은 이미 옅어져 사라지려 하고 있었다.

심지어 왕족 중에서도 저주의 힘이 매우 약한 느낌이 들었다.

몇 년 전에 봤을 때는 이렇지 않았을 터였다며, 로벨은 미간을 좁혔다.

"으읏……."

가디엘의 괴로운 신음 소리가 들리는가 싶더니, 살며시 눈이 뜨였다.

상반신을 일으켰지만, 두통이 이는지 머리를 감싸 쥐었다.

"최악일 거라는 건 압니다만, 기분은 어떻습니까?"

"……로벨 님? 여기는……"

자신의 방이라는 것을 깨닫고 힘이 풀렸는지, 다시 몸을 뉘었다.

“아…… 확실히 최악이야…….”

“저희 사람이 실례를 했습니다. 엘렌이 노려지고 있다는 것을 알고 초조해졌나 봅니다.”

국어책 읽기에 가까운 사죄를 받으면서도 가디엘은 당연한 일이라고 말했다.

“정령은 고귀한 존재니까…….”

“…….”

가디엘이 중얼거리는 것을 로벨은 가만히 보고 있었다.

“전하, 최근 무슨 일이 있었습니까?”

“……무슨 얘기지?”

“정령과 관련해서, 무언가 있었습니까?”

“……?”

전혀 짚이는 바가 없는 것이리라. 미간을 좁히며 생각에 잠겼지만, 결국 아무것도 떠오르는 것이 없는 듯 조금 슬픈 듯이 말했다.

“내가 정령과 관련될 수 있을 리가 없잖아.”

‘그렇다면 어째서 전하만……?’

가디엘이 정령과 관련될 수 있다고 한다면 엘렌이나 호위로서 붙어 있는 반뿐이라고 생각한 순간, 혹시 엘렌이 무언가를 한 것인가 하는 의혹이 떠올랐다.

하지만 그런 순간 따위는 없었다고 바로 부정했다. 왕족과 만날 때는 언제나 자신이 붙어 있었을 터다.

‘그러고 보니, 전에 둘이서 만났다고…….’

펠페드에서 발견된 아리아의 존재를 가디엘이 가르쳐준 이유—예전에 엘렌이 몰래 가디엘과 만나러 가서, 자신의 가족에게 관여하지 말라고 충고했었다고 들었다.

자신의 눈을 피해 두 사람이 몰래 만났던 것을 떠올리고, 로벨은 다시 부글부글하고 분노가 끓어올랐다.

"……로벨 님?"

불온한 공기를 느꼈는지, 주저주저 말을 걸어오는 가디엘. 그는 어느 틈엔가 침대 위에서 로벨과 거리를 벌리고 있었다.

거기에 답하듯 로벨은 싱긋 웃었다.

"전하, 이전에 제 딸과 몰래 만나셨었지요?"

"윽…… 아, 그, 렇지……?"

"그때, 딸이 무언가를 했습니까?"

"뭐……?"

무언가 떠올렸는지, 갑자기 화르륵 얼굴을 붉히는 가디엘의 모습에 로벨은 살의가 끓어올랐다.

"아, 아니야! 그런 건 없었어, 없었어!!"

허둥지둥 변명하는 가디엘을 보며 로벨은 검은 살기를 뿜어내면서 말했다.

"있었다면 지금 여기서 죽인다……!"

"잠깐 잠깐 잠깐! 눈이 진심이잖아! 얼음을 꺼내지 마! 멀리서 잠시 이야기를 했을 뿐이야!!"

"……정말이겠지요?"

끄덕끄덕 가디엘이 몇 번이고 고개를 끄덕이자 로벨은 끓어올랐던 살기를 겨우 눌러 죽였다.

로벨에게서 살기가 사라지자, 가디엘은 힘이 쭉 빠졌다. 그러나 방 안의 공기는 매우 차가워지고 말았다.

침대 가장자리와 방 안 물건 일부가 얼어 있는 것을 보고서 가디엘은 파리해졌다.

"가족에게 손을 대고, 억지로 관여하려 하는 건 그만둬 달라는 말을 들었다. 멀리서라면 이야기를 들어주겠다며."

"……."

"내 선조가 정령에게 그러한 짓을 해버리기 전에, 이렇게 이야기를 할 수 있었다면…… 뭔가 달라졌을까 하는 질문을 받았다."

"이야기를 했어도 결렬됐을 겁니다. 정령에게 있어 인간은 장난감일 뿐입니다."

"……장난, 감?"

가디엘이 경악한 얼굴을 하고 로벨을 보았다.

"인간과 정령은 섞일 수 없다. ……저는 오리에게, 여신에게 자비를 받은 겁니다."

"……그랬던 건가."

기분이 가라앉고 슬퍼졌지만, 엘렌과의 대화를 떠올린 가디엘은 바로 표정을 되돌렸다.

엘렌에게 들은 말이 가슴을 채웠다. 그녀는 제대로 이야기를 듣겠다고 말해주었다.

"엘렌은 우리 이야기를 들어주는 것만으로도, 다른 정령과는 다른 거로군."

"……."

가디엘의 말에 로벨은 마음에 들지 않는다는 듯한 얼굴을 했다.

그 모습에 기분이 풀렸는지, 가디엘은 기뻐하며 웃었다.

"고마운 일이야. 엘렌에게 감사해야겠어."

그러자, 어찌 된 일일까. 가디엘을 둘러싸고 있던 저주가 일렁이더니, 휙 사라진 것처럼 보이지 않게 되었다.

여기에 놀란 로벨은 눈을 크게 떴다.

"……왜 그러지?"

가디엘이 어리둥절해하자, 바로 표정을 되돌린 로벨은 「아뇨, 아무것도 아닙니다」 하고 대꾸하면서도, 내심 당황하고 있었다.

자세히 보니 저주가 사라진 것은 아닌 것 같았다. 그러나 확실히 다른 왕족과는 달랐다.

'어떻게 된 일이지?!'

엘렌에게 감사해야겠다고 말한 순간 저주가 사라진 것처럼 보였다.

'……엘렌?'

엘렌의 존재는, 라비스엘의 행동도 바꿔버렸을 만큼 영향력이 있다는 사실은 알고 있었다. 자신의 딸이지만 무시무시하다고 웃었는데…….

어쩌면 이것도 그러한 것이 아닐까 하는 생각이 들고 말았다. 엘렌에 대한 마음이 저주에 영향을 끼쳤다고 한다면.

—이건 오리진에게 상담해야만 한다.

"아무래도 몸 상태는 이제 괜찮은 것 같군요. 저는 폐하가 계신 곳으로 돌아가겠습니다."

"아, 그래. 잘 부탁하네."

갑자기 화제가 바뀐 탓에 가디엘은 눈을 깜빡였지만, 바로 고개를 끄덕였다.

로벨이 전이해 사라지자 가디엘은 긴장이 풀리며 한숨을 내쉬었다.

목이 말라서 벨을 울리자 호위 세 사람과 근위가 보고를 하러 나타났다.

"앗! 이 방, 어떻게 된 거야?!"

"전하, 괜찮으십니까?!"

곳곳이 얼어붙은 방을 보고 모두가 놀랐다.

"아~ 로벨 님이 말이지……."

"너무 춥군요. 전하, 방을 바꾸시죠."

"아, 그렇, 군. 그렇게 하지. 그리고 물을 부탁해."

"알았습니다. ……하지만, 언제 봐도 정령의 저주라는 건 무섭군요……. 무사하셔서 다행입니다."

"그래……. 그러나 우리 선조의 업보다. 피를 이어받은 이상, 각오해야겠지."

"훌륭하십니다."

"그렇지도 않아. 언제나 어째서냐고 마음속으로 소리치고 있어. ……그녀와 이야기를 나누고 싶은데, 가까이 가는 것조차 마음대로 안 되니까…….”

“…….”

가디엘이 엘렌과 이야기를 나누고 싶어 하는 것은 모두가 이해하고 있었다.

엘렌은 거절하는 것이 당연한데도, 망설이면서도 가디엘과 이야기를 해주었다.

최근에는 둘이서 미소를 띤 채 대화를 나누는 일도 많아졌건만, 어째서 여신은 시련을 내리는 듯한 일을 하는 것일까.

호위들은 그리 생각하지 않을 수 없었지만, 가디엘이 저주를 받았다는 것을 떠올리고 애달파지고 말았다.

“……전하, 그…… 보고가…….”

뭔가 말하기 어려워하는 듯 보이는 근위에게 무슨 일인지 가디엘이 묻자, 결의를 다진 듯한 표정으로 근위가 입을 열었다.

“전하께서 쓰러지신 후, 엘렌 님과 류르 님이 이야기를…….”

“뭐라고?!”

벌떡 일어나, 서둘러 방에서 나가려 하는 가디엘을 호위와 근위들이 팔을 잡아 침대에 앉혔다.

“이거 놔라!!”

“전하, 마지막까지 들어주십시오~!”

“쓰러져서 제 상태가 아니십니다. 그렇게 창백한 얼굴로 엘렌 님과 만나실 셈입니까?”

“크읏…….”

"참고로 이미 해가 져서 엘렌 님은 돌아가셨습니다. 이야기는 폐하와 전하의 몸 상태를 보고 재개한다고 합니다."

"……."

보고하는 근위의 얼굴을 원망스레 바라보고 있는 가디엘에게, 믿고 있는 사이인 호위 라베가 히쭉히쭉 웃으면서 말했다.

"안심하십시오. 류르 님이 눈치 빠르게 행동하셔서, 여러 사람이 있는 곳에서 대화를 나누셨습니다."

"당연하다. 오히려 타국의 왕족을 절대 혼자 두지 마라!"

"후훗, 무슨 이야기를 했는지 엄청나게 신경 쓰인다는 얼굴을 하고 계십니다만?"

"너, 너희……!"

놀리고 있다는 것을 깨달은 가디엘은 얼굴을 붉히며 화냈다.

"이야기하신 내용은, 아무래도 저쪽의 정령에 관한 일이었나 봅니다."

"……무슨 의미지?"

"류르 님의 영혼이 헬그너의 초대 왕이라고 했는데, 본인은 의심하고 있는 듯했고……. 그걸 엘렌 님이 설명하셨습니다. 그분은 정말로 총명하십니다."

"그래…… 엘렌은 폐하도 못 당해내겠다고 말씀하셨다."

그 말에 곁에서 시중을 드는 이들은 눈을 부릅뜨며 놀랐다. 그러나 호위들은 실제로 본 적이 있는 탓인지 왠지 모르게 납득이 되었다.

"그리고, 아미엘 님이 있는 곳을 알아냈습니다. 이 건에 대해서는 사우벨 님과 근위대장님도 함께 이야기를 나누셨습니다. 폐하와 전하께서 깨어나시면 바로 움직일 수 있도록 하겠다고 합니다."

"그런가. ……폐를 끼쳤군."

"그런 말씀 마십시오."

그러나 보고를 듣고서도 가디엘은 진정할 수가 없었다.

그때쯤, 부탁했던 물이 왔다. 그걸 단숨에 들이켜고, 가디엘은 침대에서 내려왔다.

"전하?!"

"류르 님과 이야기를 하고 싶다."

"아…… 그리 말씀하실 줄 알았습니다."

머리를 긁적이면서 라베가 쓴웃음을 지었다. 함께하겠습니다 하고 호위 세 사람이 뒤를 따랐다.

"아, 트루크. 류르 님에게 먼저 가서 방문을 알려줘. 그분 옆에는 정령이 있을 테지?"

"알았습니다."

마치 전이한 것처럼 트루크가 휙 사라지는 것을 볼 때마다 라베는 감탄했다.

"어떻게 하면 저렇게 이동할 수 있게 되는 건지……."

"저 녀석은 집안이 특수하니까."

암부 출신인 트루크가 반크라이프트가의 집사에게 존경을 드러내던 모습을 떠올렸다.

그는 로렌을 대숙부라고 말했었다. 루디가의 전 수장이 어째서 그 집안에 있는 것인가 생각하면, 반크라이프트가가 얼마나 특수한지를 깨달으리라.

다시 현실로 돌아온 가디엘은 발을 내디뎠다. 술렁이던 마음속은 당분간 진정되지 않을 것만 같았다.

*

류르에게 배정된 방으로 향하자, 그 문 앞에서는 입구를 감시하고 있는 근위 한 명과 방문 소식을 전하러 갔던 트루크가 기다리고 있었다.

가디엘이 온 것을 알아차리고, 두 사람이 동시에 경례했다. 그는 그 옆을 지나쳐서 문 앞에 섰다. 그러자 근위가 문 앞에서 방문을 알리고 바깥쪽 열쇠를 열었다. 그리고 문이 열렸다.

"가디엘 전하, 들어가시지요."

"그래."

방 안으로 들어가자 대기하고 있던 다른 근위 두 명이 경례를 했다.

류르가 가디엘을 알아차리고 고개를 숙였다.

"갑자기 미안하군."

"아뇨."

조금 곤혹스러워하면서도 류르는 힐끗 방 한쪽을 보았다. 거기에는 털을 바짝 세운 로레가 있었다.

『류르한테 무슨 용건이냐!』

"미안해. 오래 있을 생각은 없다……. 조금, 류르 님과 이야기를 하고 싶을 뿐이야."

"……무얼 말입니까?"

"아…… 그게, 그러니까……."

이번에는 가디엘이 방 안에서 대기하고 있는 근위와 호위들을 힐끗 보고 말을 꺼내기 어려운 듯 망설였다.

그 모습에 고개를 갸웃거라며 류르는 가디엘을 보았다.

"저, 그러니까……."

그렇게 말하며 등 뒤에 있던 근위들을 쉿쉿 하고 쫓는 동작을 했다.

호위 중 한 명은 히쭉히쭉 웃었고, 쫓아내려는 동작에 충격을 받은 근위들의 모습에 류르는 눈을 깜빡였다.

"아…… 엘렌과 이야기를 했다고 하던데……."

엘렌의 이름 부분에서 가디엘의 목소리가 매우 작아지자 류르는 드디어 상황을 눈치챘다.

"저쪽에서 이야기하시죠."

『류르?!』

"괜찮아. 걱정하지 마."

당황한 로레를 웃는 얼굴로 달래고서 류르는 가디엘을 방 안쪽으로 안내했다.

그러자 근위들이 경계를 했고, 가디엘의 호위들이 그들을 진정시키며 두 사람과 거리를 둬주었다. 여기에 안심한 가디엘에게 류르가 쓴웃음을 지으며 작은 목소리로 말했다.

"무얼 묻고 싶으십니까?"

"아니, 그…… 보고를 받았는데……."

"저와 엘렌 님이 이야기한 내용은……."

"그, 그게 아니라."

"응?"

"……미안하네. 나는 마음이 좁은가 봐."

하아— 하고 깊은 한숨을 내쉰 가디엘을 본 류르는, 바로 무슨 말을 하고 싶은 것인지 이해했다. 이건 조금 전까지의 자신이다.

자신은 로레가 자신의 모습과 영혼을 통해서, 초대 왕을 보고 있는 것이리라고 믿으며 질투했다. 가디엘도 그와 같았다.

텐바르 왕족은 저주받았고, 정령은 접근할 수 없다.

가디엘이 엘렌을 마음에 두고 있다는 것이 전해져 왔다. 자신과 같은 얼굴을 한 남자가, 좋아하는 아이와 가까이에서 이야기를 할 수 있다는 것을 알고, 그것이 자신이었다면 하고 질투하는 것이리라.

"……이해합니다. 얼마 전의 저도 그랬으니까요."

"뭐라고?"

"저도 헬그너의 초대 왕과 모습, 그리고 영혼이 같다는 말을 들었습니다. 저를 통해서 다른 남자를 보고 있는 게 아닌가 하고, 의심하고 질투했습니다."

쓴웃음을 지으며 류르가 그렇게 말하자, 그야말로 지금 상황과 비슷하다는 것을 깨닫고 가디엘이 눈을 크게 뜨며 놀랐다.

"엘렌 님께서 그렇지 않다는 걸 가르쳐주셨습니다. 영혼이 같아도 저는 저라고. 제대로 저를 보고 있는 거라고……."

그리고 이것만큼은 전해야겠다며, 류르는 웃으면서 가르쳐주었다.

"제가 전하로 오해받았을 때, 단번에 전하가 아니라고 말씀하신 것이 엘렌 님이셨습니다."

그 말에 가디엘은 놀랐다. 어째서 성의 중추에 류르가 있었던 것인지 나중에 물었더니, 가디엘로 착각했던 것이 원인이었다고 했다.

확실히 서로의 모습을 확인했을 때도 서로가 놀랐다. 쌍둥이라고 해도 납득할 수 있을 정도로 닮았다. 본인도 모르게 폐하의 숨겨둔 자식이냐고 의심했는데, 그걸 간파한 것이 엘렌이었다니…….

단순히 저주받았는지 아닌지의 문제일 뿐이었던 건? 하고 생각했지만, 그래도 가디엘은 기쁨이 조금씩 피어오르는지 점점 뺨부터 귀까지 기쁨으로 물들어갔다.

가디엘이 저주에서 풀려났다고 하는 가능성보다도 먼저, 다른 인물이라고 바로 발언해준 것이 무엇보다 기뻤던 것이다.

엘렌은 가디엘을 가디엘로 보고 있다. 그리 생각했더니, 가슴속에서 따뜻한 것이 넘쳐나는 듯한 기분이 들었다.

"그, 그랬나……."

입가에 손을 대고 표정을 감추려고 시선을 돌리지만, 미처 가려지지 않았다.

진정이 되지를 않는지, 눈이 두리번두리번 방황하고 있었다.

"그 후엔 이쪽 공주님이 있는 곳에 관한 이야기가 되어서, 다른 기사분들과 함께 이야기를 했습니다."

"그, 그래. 보고대로군. 아미엘을 찾아준 것에 감사하네."

"아뇨. ……으음~."

"……뭐지? 왜 그러나?"

류르는 가디엘을 빤안—히 보더니, 어딘가 의미심장하게 말했다.

"저로서는 전하를 응원하고 싶군요."

"뭐? 무, 무슨 의미지?!"

"아— 엘렌 님 주변은 큰일이겠구나 싶어서……."

"큰일?!"

"그러니까, 아버님과……."

"로벨 님을, 아버님이라고 하지 마!"

바로 격노해 대꾸한 가디엘에게 류르는 서둘러 죄송하다며 사죄했다.

류르에게 그럴 마음은 조금도 없었지만, 가디엘로서는 참을 수 없는 일이었다.

"그리고 그 호위 분도 있고요. 엘렌 님은 눈치채지 못하신 것 같지만."

"카이 말인가……."

가디엘은 갑자기 풀이 죽었다.

신경 쓰여서 조사를 해보았기 때문에 알고 있었다. 카이의 아버지는 반크라이프트가의 전 당주에게 도움을 받았고, 또 엘렌에게도 도움을 받았다.

자칫하면 가족 전원이 처벌을 받아도 어쩔 수 없을 일이었다. 그것을 구해준 엘렌에게 은혜를 느끼는 것도 이해할 수 있었다.

그러나 그것만으로는 끝나지 않았다. 엘렌에게 도움을 받은 경위를 조사하고 새파랗게 질렸었다. 거기에는 무려 라비스엘이 관련되어 있었던 것이다.

심지어 그 직후에 라필리아를 미끼로 삼아, 왕가는 엘렌에게 완전히 미움을 받고 있다는 것을 알았다.

저주의 경위를 알고, 사죄하려고 찾아갔지만 무정하게도 계속 문전박대를 당했던 이유를 지금은 알았다. 그런 왕족 따위, 누구도 만나게 하고 싶지 않은 것이 당연하리라.

카이의 일을 조사하면서, 엘렌에게 얼마나 미움을 받고 있는지를 안 그때의 충격은 잊을 수 없었다.

깨닫고 보니, 가디엘은 속내를 토로하고 있었다.

"조금씩 만날 수 있게 되었고…… 지난번엔 겨우 둘이서 만날 기회를 만들었는데, 카이는 엘렌 곁에 쭉 있거든."

"네."

"그런데, 그거 아나?! 카이는 언제나 엘렌 손을 잡는다고! 어떻게 된 거야! 호위라면 분수를 지켜야지!"

깨닫고 보니, 가디엘은 큰 목소리로 쌓일 대로 쌓인 불만을 류르에게 쏟아내고 있었다.

조용히 이야기하고 있었을 터인데, 지금은 방 한쪽에 있던 호위와 근위, 로레에 이르기까지 어이없어하고 있었다. 라베가 이런, 하고 쓴웃음을 지었다.

"나도 만지고 싶은데, 어째서 너만! 싫어지는 게 당연하죠. 나도 언제나 로레를 쓰다듬고 싶었다고요!"

"그렇지?! 엘렌 눈동자를 가까이에서 보면, 본 적도 없는 보석처럼 아름답다고 하더군. 거기에 자신이 비치고 있다는 걸 알면 행복한 기분이 된다고 로벨 님이 자랑하셨지. ……부러워."

마지막은 아무리 해도 다가갈 수 없는 이유인 저주가 방해물이 되었다.

왕족으로서 저지른 과오의 증거에, 가디엘은 불만을 말할 수 없게 되었다. 류르는 그것을 눈치챘다.

"전하…… 당신은 정말로 훌륭합니다. 저는 책무에서 도망쳤습니다."

"류르 님……?"

"일족과 다른 머리카락과 눈이라는 것만으로, 전부 포기했습니다. 아버님과 어머님은 닮지도 않은 나를 의심하지 않고 사랑해주었는데, 저는 형님에게 미움을 받는 게 당연하다고 받아들였죠."

"……."

"살해당할 뻔했을 때 구해준 것이 로레와 테츠였습니다. 이렇게 되는 게 당연하다며 체념했던 저를, 두 사람은 줄곧 격려해줬는데……. 왕족인 저는 죽은 걸로 치고, 모든 것으로부터 도망쳤습니다."

자신의 과거와 마주하면서, 류르는 말했다.

"비관은 해도, 당신은 포기하지 않았습니다. 정령은 반드시 답해준다고 엘렌 님이 말씀하셨습니다. 정령은 싫어하는 사람에게는 접근하지 않는다. 소중한 사람이라고 생각되는 건, 영혼의 본질로 전해지는 것이라고."

"저, 접근하지 않아……?"

엘렌은 어떨까. 다른 정령에 비해서, 엘렌은 왕족과 인연을 가져주었다. 이건 조금 전 로벨과 이야기하다 깨달은 것이기도 했다.

가디엘과 사업 이야기를 전개했을 때도, 대리를 세우고 본인은 거절해도 됐을 터였다고 깨달았다.

게다가 엘렌은 차원이 다른 곳에서, 매년 가디엘의 기도를 듣고 있었다고 밝혀주었다. 그것을 매년 들어야 할 이유 같은 건 전혀 없었다.

엘렌은 줄곧 가디엘을 거절하지 않고, 마주해주고 있었다.

그 사실을 드디어 깨닫고, 시야가 트인 듯 가디엘은 눈을 크게 떴다.

"그 모습을 보니, 뭔가를 깨달으신 것 같군요."

류르가 싱긋 웃어 보이자 가디엘은 목덜미까지 붉어지는 것을 막을 수 없었다.

제58화 잔혹한 선고

정령성으로 돌아온 로벨은 서둘러 오리진이 있는 곳으로 향했다.

예전이라면 곧장 그녀의 곁으로 전이했을 테지만, 오리진은 지금 조심해야 할 때였다. 놀라게 해선 안 된다며, 최근에는 성의 커다란 홀에서 걸어서 개인 방으로 가고 있었다.

마침 홀에 있던 빈트는 로벨이 돌아온 것을 알고 허둥지둥 불러 세우려 했다.

“나중에 해.”

“그게 아닙니다! 지금 오리진 님 곁에는…….”

“오리, 여기 있어?”

벌컥 문을 열자, 그곳에선 오리진이 쌍둥이 여신 사이에 끼어 차를 마시고 있었다.

평온한 풍경일 터인데, 로벨은 미간에 주름을 잡지 않을 수 없었다.

“어라? 매제가 돌아왔네. 비밀 얘기는 여기까지려나.”

“아주 싫다는 얼굴을 하고 있어. 우후후, 실례하고 있어.”

싱글벙글한 쌍둥이 여신을 보고서 어째서 빈트가 허둥댔는지 이해했다.

“이것 참, 이것 참……. 처형분들, 오랜만입니다.”

로벨이 싱긋 웃자 쌍둥이 여신은 키득키득 웃었다.

"봐, 가면을 썼어. 여전하네."

"정말, 여전해."

계속해서 웃는 쌍둥이 여신의 모습에 로벨은 한숨이 나왔다. 어째서 이런 절묘한 때 그녀들이 나타난 것일까. 거기까지 생각하고 한순간 로벨의 사고가 정지되었다.

"어째서 여기에 처형분들이……?"

"어머나, 눈치챘잖아. 역시 엘렌의 아버지답네."

"정말로. 쓸데없이 날카로워."

"무슨 의미입니까? ……오리?"

"여보…… 상황이 곤란하게 됐어."

"……그건 왕가의 저주에 관한 이야기인가?"

"어머."

"어머머."

"뭐지? 아닌 건가?"

키득키득 웃고 있는 쌍둥이 여신을 보며 로벨은 눈을 가늘게 떴다. 오리진은 지금 알았다는 듯한 얼굴을 하고 놀라고 있었으니, 곤란한 일이라는 것은 어쩌면 왕가의 저주와는 다른 일인지도 모른다.

"역시 바꿀 수 있는 건 엘렌뿐이야."

"그러게. 설마 저주에까지 영향을 줄 거라고는 생각하지 못했지만."

"……무슨 의미입니까?"

두 사람의 말에서 수상한 기색이 전해졌기 때문에, 로벨의 표정이 달라졌다. 엘렌이 얽혀 있다니, 흘려넘길 수 없었다.

"로벨, 당신이 묻고 싶은 건 왕가의 저주지?"

"그것만이 아닌 것 같습니다만."

"그래."

계속 키득키득 웃는 쌍둥이 여신의 모습에서 로벨은 안 좋은 예감만 들었다.

엘렌이 무언가에 휘말리는 것은 아닐까 싶어 마음만 조급해졌다.

로벨의 초조함을 눈치채고 보르가 웃으면서 가르쳐주었다.

"네가 알고 싶은 걸 먼저 말할게. 왕가의 도련님이라면 자력으로 저주를 정화하고 있는 거야. 엘렌과 얽힌 덕분에."

"저주를 자력으로 정화한다고?!"

"원래, 저주는 원한이야. 하지만 지금은 슬픔 쪽이 강하지. 원망하는 것도 일방적이 되면 허무해지지."

"그 왕은 자신이 한 짓을 숨겼어. 자손에게도 그것들은 전해지지 않았지. 저주의 영향은 정령과 계약할 수 없다는 것뿐이었으니까, 그때의 왕은 자신이 범한 죄와 정령의 저주, 그 존재조차도 지워버리려 했던 거야. 자신 혼자 죄를 짊어질 셈이었겠지. ……잊힌 동포들은 그걸 용서할 수 없었기 때문에, 사라지지 않고 남아서 그 피를 따라 자손을 저주했어. 그렇게 하는 것이 자신들을 죽인 왕에 대한 벌이라고, 동포들은 깨달았기 때문이야."

텐바르 왕가에 걸린 저주의 경위— 어째서 그것들이 지금까지 줄곧 남아왔는가.

그러나 그것이 어째서 엘렌과 얽힌 일로 정화되려는 것인가.

로벨이 그리 생각한 것도 간파한 보르가 말을 이었다.

“엘렌과 얽힌 것으로, 왕족은 저주의 원인을 알았지.”

“그러나 어째서 가디엘 전하만…….”

“왕좌에 앉아 있는 남자는 저주를 유용하게 활용하려 했잖아? 그런데 그 도련님은 달랐어. 엘렌과 이야기를 하고 싶어 했지.”

바르의 말에 로벨의 미간에 주름이 생겼다. 거기에 더해 혈관도 불거지는 모습에, 두 사람은 어이없어하며 마음이 좁은 남자라고 평가를 내렸다.

“어째서 엘렌과 이야기할 수 없는 걸까. 그 원인을 진지하게 받아들인 거지. ……슬픔에 빠져 있던 저주에 영향을 미칠 정도로.”

“설마…… 고작 그런 이유로?”

“동포들이 자손에게까지 저주를 건 이유를 잊어버렸기 때문이야. 이전, 엘렌이 저주에 접촉했을 때 여신의 힘에 닿아 각성한 거지. 슬프고, 허무하고…… 이제 해방되고 싶다며 구원을 바랐어. 그래서, 엘렌은 그 마음을 그대로 받아들여 동포를 해방시키고 싶어 했지. 하지만 엘렌은 무척이나 총명한 아이야. 정령으로서의 입장이 있었기 때문에, 그 마음은 속에 가둬뒀어.”

“하지만 그 마음도, 동포들에게는 확실하게 전해졌던 거야. 도련님을 통해서 말이지.”

쌍둥이 여신의 말에 로벨은 아연실색했다. 예상 이상으로 엘렌은 저주에 영향을 주고 있었던 것이다.

이대로는 가디엘의 저주는 정화되리라. 그 생각이 얼굴에 드러났는지, 아니면 마음을 읽혀버린 건지, 바르가 싱긋 웃으며 말했다.

"도련님의 영혼에 결계를 펼쳐둬."

"……어째서?"

"이대로라면 도련님은 주변의 저주에 견디지 못하게 될 테니까."

"무슨 뜻이지……?"

"저주는 주변 정령에게 영향을 끼치는 걸 잊었어? 정화된 동포들이, 이번에는 주변의 저주에 끌려 들어갈 거야."

"……그럼, 왕자의 저주가 사라지는 것으로 끝이 아닌 건가?"

"정화되면 도련님의 영혼도 무사히는 있을 수 없어. 동포들의 근본은 마소 덩어리. 인간의 영혼도, 마소로 이뤄져 있는걸."

말문이 막힌 로벨에게 모든 것을 내다보는 바르가 말했다.

"할 수 있지? 만에 하나를 생각해서, 엘렌에게는 이미 결계를 펼쳐서 보호하고 있잖아."

그래도 납득이 안 된 로벨은 다시 질문할 수밖에 없었다.

"어째서 왕자를 구할 필요가 있지? 이 왕족은 정령들을 학살했잖아!"

그 물음에는 답하지 않은 채, 쌍둥이 여신은 키득키득 웃기만 했다.

가슴속에 맺힌 무언가가 소화되지 않은 채 남았다. 쌍둥이 여신에게서 답은 얻을 수 없다. 그것은 앞으로의 미래에 관여된 중요한 무언가로, 로벨이 알 필요는 없다는 뜻이었다.

"……왕자한테만 결계를 펼쳐두면 되는 겁니까?"

"맞아. 다른 사람에게 정화의 기척은 보이지 않는걸. 제대로 사실을 받아들인 아이한테는 그 나름의 상이 필요하지 않을까?"

"……그렇습니까?"

이해할 순 없지만, 어쩔 수 없다. 여신이 그렇다고 정한 일을 거스르면, 이번에는 무슨 일이 일어날지 알 수 없다. 게다가 엘렌도 얽혀 있다고 알아버린 이상, 거절할 이유가 없었다.

한숨을 한 번 내쉬고, 가디엘에게 걸린 저주가 변화한 원인은 알았다고 종지부를 찍었다.

다음 화제로 넘어가기로 정하고, 로벨은 오리진에게 물었다.

"저주 건은 알았어. 그럼 이야기를 바꾸겠는데…… 오리, 곤란한 일이란 게 뭐지?"

"어머나? 우리한테는 물어보지 않는 거야?"

키득키득 웃는 쌍둥이 여신은 내버려 둔 채 소파에서 일어난 오리진은 로벨 곁으로 다가갔다.

두 사람은 포옹하고 키스를 나눈 뒤, 오리진이 쓴웃음을 지으며 말했다.

"엘렌에 관한 일이야. 그 아이가 해줘야만 하는 일이 있대."

"……뭐라고?"

의아하다는 듯이 되묻는 로벨에게 쌍둥이 여신은 웃으며 말했다.

"그건 엘렌한테 직접 얘기할 거니까 됐어. 그보다 문제는 다른 데 있어. 당신, 아직까지 자식한테서 못 벗어난 거야?"

"누가 엘렌과 얘기하게 해줄까 보냐. ……그보다, 여기서도 자식한테서 벗어나라고 잔소리를 듣는 겁니까? 어쩔 수 없잖습니까. 딸이 너무 귀여우니까."

반성하는 모습 같은 건 전혀 보이지 않고 로벨이 말하자, 조금 전까지 웃고 있던 쌍둥이 여신의 얼굴에서 웃음이 사라졌다.

이때는 로벨과 오리진도 놀랐다. 이 두 사람의 분위기가 순식간에 바뀌자 조금 전보다 더 안 좋은 예감이 들었다.

"적당히 해. 네 탓에 엘렌은 성장하지 못하는 거야."

"뭐……."

귀를 의심했다. 자신 탓에 엘렌이 성장하지 못한다고?

"엘렌이 가진 여신의 힘은, 각성과 동시에 원소에서 형태를 이루어 생물의 세포까지 힘을 미치는 범위가 커졌어."

"여신의 성장과 동시에 힘을 각성할 예정이었지. 그런데 먼저 힘에 눈을 뜬 엘렌은, 좋아하는 아빠의 말을 무의식적으로 이뤄주고 마는 거야."

"그게…… 엘렌의 성장과 무슨……."

관계가, 라고 말하려는데 바르에게서 차가운 목소리가 날아들었다.

"너는 언제나 엘렌에게 말하고 있잖아. 쭉 이대로, 작아도 된다고, 서둘러 어른이 되지 말라고."

"뭣…… 설마……."

머리에서 피가 빠져나가는 느낌이었다.

새파래져가는 로벨을 본 오리진은 로벨의 등을 다정하게 끌어안았다.

엘렌의 힘은, 지금은 세포를 활성화시켜서 작은 상처를 치유하는 정도까지의 힘이었다.

조금씩, 로벨의 바람을 이뤄줄 수 있도록 성장과 같은 속도로 자신의 세포에 힘을 써서 성장을 무의식적으로 멈추고 있었다고 한다면.

엘렌의 성장이 멈춰버린 시기와 여신으로서의 힘을 각성한 시기가 거의 같다는 사실을 떠올리고 식은땀이 흘렀다.

열두 살 무렵까지, 조금 성장하면 몹시 기뻐하며 보고하러 왔던 엘렌. 아리아를 단죄한 후부터, 그 기뻐하는 목소리를 들은 적이 없다는 것을 떠올렸다.

"여신의 힘을 각성하기 이전에도 이미 영향은 나오고 있었어. 어째선지 알아?"

로벨은 새파래진 얼굴로 고개를 가로저었다. 알고 싶지 않다. 알고 싶지 않았다.

"그릇이 작아서 힘을 견딜 수 없었기 때문이야. 원래대로라면, 더 성장했을 텐데."

쌍둥이 여신의 말이 찔러 들었다. 계속해서 그녀들은 무표정하게 말했다.

"이대로 성장이 멈춰버리면, 엘렌은 여신의 힘에 견디지 못하고 사라져버릴 거야."

"네 탓에 엘렌은 죽는 거야."

쌍둥이 여신의 잔혹한 선고가 가슴에 박혔고, 아픔에 현기증이 일었다.

*

류르까지 더해서 모두와 함께 이야기를 마친 후, 로벨보다 한발 먼저 엘렌은 정령성으로 돌려보내졌다.

그러나 성으로 돌아오자마자 어느 방으로 이끌려 간 엘렌은 눈을 동그랗게 떴다.

“다, 다들, 왜 그러나요?”

“공주님, 제발 이쪽으로…….”

이유는 말하지 않은 채, 대정령들은 뭔가 긴장한 모습으로 주변을 경계했다. 심지어 주위에 결계까지 펼쳤다. 뭔가 좋지 않은 일이라도 일어난 것일까 싶어 엘렌은 걱정이 되었다.

“어머니는? 괜찮은 건가요? 무슨 일이 일어난 건가요?”

임신 중인 오리진에게 뭔가 좋지 않은 일이라도 일어난 것일까 싶어 너무나도 걱정이 되었다.

당황스러워하며 엘렌은 옆에 있던 물의 대정령에게 물었다.

“괜찮습니다. 오리진 님은 문제없으십니다. 다만, 지금은 손님이 방문 중이십니다.”

“손님?”

“네.”

“……저, 숨어야만 하는 건가요?”

들키면 안 된다는 뜻일까? 아니, 어쩌면 방해가 된다는 뜻일지도 모른다며, 엘렌은 방에 있는 소파까지 가서 얌전히 앉았다.

뭔가 방해꾼 취급을 받은 것 같아서 속상해진 엘렌은 조금 풀이 죽어서 고개를 숙였다.

로벨은 아직 성에서 돌아오지 않은 모양이었다. 류르가 알려준 정보를 두고 근위대장과 사우벨이 이야기를 나누고, 왕족을 간호하던 로벨도 나중에 합류해서 함께 이야기를 나눌 예정이었다.

이 단계가 되자 엘렌은 대화에 참여할 수 없게 되었다.

엘렌의 입회를 바랐던 것은 왕인 라비스엘이었다. 그가 부재인 자리에 멋대로 입회할 수 있을 리 없었다.

사우벨에게 자세한 건 나중에 이야기해주겠다는 말을 듣고, 해가 저물기 시작한지라 먼저 돌려보내졌다.

"……."

당연한 일이기는 했지만, 라비스엘과 로벨이 부재인 탓에 느꼈던 마음 불편함을 돌아와서도 느끼게 될 것이라고는 생각하지 못했다.

자신의 외모가 어려 보여서 어른의 대화에는 끼워주지 않는 것일까?

아니, 실제로 어리니 어쩔 수 없다며 엘렌은 한숨을 내쉬었다. 아무리 시간이 흘러도 성장하지 않는 몸. 정령이니 어쩔 수 없는 일이라고 생각했지만, 지난 몇 년…… 여신으로서 각성했다고 들은 후부터는 성장이 멈춰 키가 자라지 않게 된 것이다.

"공주님……."

엘렌의 모습에 주변 대정령들이 어쩔 줄을 몰라 했다. 그들의 반

웅에서, 결코 엘렌을 따돌리려 했던 것이 아니라는 마음이 전해져 와서 엘렌은 쓴웃음을 지었다.

"괜찮아. 미안해. 생각을 좀 하고 있었어."

"그러하셨습니까?"

"뭔가 마실 것을……."

"식사는 어쩌시겠습니까?"

계속해서 자신에게 무언가를 해주려 하는지라, 부를 때까지 방에서 나가지 않을 테니 잠시 혼자 있게 해달라고 부탁했다.

생각할 것은 여러 가지가 있었다. 헬그너 왕과 아미엘과 아기엘의 의도, 앞으로의 류르.

류르와 로레는 텐바르국에 비장의 카드가 된다. 헬그너에 있어 나라의 상징이라고도 할 수 있는 로레의 존재는 둘도 없는 것이리라.

라비스엘이 쓰러져버리는 바람에 엘렌은 미처 말하지 못했다. 인간 사이의 싸움에, 더는 정령들을 끌어들이지 않았으면 한다고.

텐바르성에 남겨진 류르도 걱정이었다. 협력을 제안해주기는 했어도, 그는 인질이나 다름없었다.

내일 로벨에게 부탁하려 했는데, 저주에 휩쓸려 쓰러졌으니 일주일은 만나지 못할지도 모른다.

"……하아."

일이 앞으로 어찌 진행되든, 지금은 대기할 수밖에 없으리라.

전쟁이 벌어지게 되면 로벨과 사우벨이 전선에 서는 것은 명백했다. 이 나라의 영웅으로서 추앙을 받는 만큼, 인간들의 기대도 크니까.

'……잠깐.'

뭔가가 마음속에서 걸렸다.

아미엘과 아기엘의 의도. 그녀들이 노리는 건 로벨이라고 한다. 영웅인 로벨을, 대체 어떻게……?

'아버지에게 어떻게 대항하려는 거지?'

여기까지 생각하고, 라비스엘의 말을 떠올렸다.

『옆에 있을 수 없는 것은 아주 조금 쓸쓸하지만.』

'왕가의 저주는, 정령 마법을 무력화할 수 있는 무기가 된다…….'

그래서 이웃 나라와 손을 잡고 배신했다는 것일까?

헬그너가 아미엘 일행을 살려둔 이유는 그게 아닐까, 하고.

여기까지 생각하면 방법은 하나뿐이라는 것을 알 수 있었다. 설마 하는 생각이 떠오른 순간, 그것은 갑작스레 바로 옆에서 들려왔다.

"맞아. 엘렌. 이대로는 좋지 않은 일이 될 거야."

"……어?"

자신이 앉아 있는 소파 바로 옆에, 갑자기 풍만한 미녀가 나타났다. 처음 보는 그 생김새는 몹시도 어머니와 닮아 있었다.

금색 머리카락을 우아하게 쓸어 올린 미녀는, 자기소개를 했다.

"만나고 싶었단다. 엘렌. 나는 보르야."

"나는 바르야."

눈앞에 있던 보르에게 정신이 팔려 있던 엘렌은, 등 뒤에서 들려온 목소리에 놀라며 다시 뒤를 돌아보았다.

거기에는 은발에 똑같은 얼굴을 한 미녀가 있었다. 깨닫고 보니 소파 좌우에 앉은 두 미녀 사이에 끼어 있었던 것이다.

"어머니의…… 꺄악!"

"아앙~ 엘렌! 만나고 싶었어!"

"너무 귀여워! 어릴 때의 오리진과 똑 닮았잖아——!"

커다란 계곡에 주변을 둘러싸여 어푸어푸하고 허우적거리고 있으려니, 「거기까지입니다!!」 하는 빈트의 외침이 들렸다.

"잠시도 방심할 수가 없군!! 거기, 어서 로벨 님을 불러라!!"

"네, 네!"

"어머나. 들켰네."

"싫다. 귀찮은 것들이 늘었잖아."

투덜투덜하고 불만을 내뱉는 쌍둥이 여신이 모습에 엘렌은 눈을 동그랗게 떴다.

"괴, 괴로워……."

"아앗! 미안해."

두 사람 모두 바로 엘렌을 풀어주었고, 엘렌은 겨우 한숨을 내쉬었다.

"저기…… 그, 손님이라는 게……."

"그게 있지, 초대받지 않은 손님이라는 의미야~. 다들 우리를 피하거든~~."

"후후후, 엘렌을 숨겨봐야 소용없어. 우리한테는 전부 보이는걸. 엘렌을 숨길 수 있는 건, 오리진의 힘을 직접 나눠 받은 로벨뿐이야~."

쌍둥이 여신이 오호호호호, 하고 웃자 방 안에 있던 대정령들은 창백해졌다.

그제야 엘렌은 깨달았다. 대정령들은 쌍둥이 여신에게 들키지 않도록 엘렌을 감추려 했던 것이라고.

"저기…… 처음 뵙겠습니다. 어머니의 딸인 엘렌입니다."

"꺄아~!!"

"뀨우으!"

연신 귀여워 귀여워라고 말하는 두 사람 사이에 끼워졌다.

또다시 둘의 품속에서 허우적거리고 있으려니, 이번에는 로벨의 목소리가 들렸다.

"엘렌을 놓아줘!!"

"아버지!"

도와달라며 손을 뻗으려다가 시선이 마주친 순간, 로벨의 얼굴이 굳어졌다.

"아……."

"……아버지?"

엘렌의 손을 잡으려던 로벨이 주저하고 있었다. 그 손이 떨리고 있었다.

그 모습에 엘렌은 놀라 굳어지고 말았다. 당혹스러워하면서도 다시 부르자 로벨의 얼굴이 비통하게 일그러졌다.

"아버, 지……?"

엘렌에게 뻗었던 손을 참듯이 움켜쥐고, 로벨은 자신의 얼굴을 덮었다.

"……미안. 잠시 혼자 있게 해줘."

전이해 사라진 로벨의 모습에 놀란 엘렌은 무심코 그 뒤를 쫓으려 했다.

"엘렌, 안 돼."

바르가 다정하게 어깨를 감싸며 말렸다. 그 음색에는, 조금 전까지의 명랑함은 없었다.

"너희들, 자리를 비켜줘."

보르의 말에 방에 있던 대정령들이 일제히 사라졌다.

무슨 일이 일어나고 있는 것인지 엘렌으로서는 알 수 없었다. 불안한 얼굴을 하고, 쌍둥이 여신을 올려다볼 수밖에 없었다.

"엘렌, 아주 중요한 이야기가 있어."

"그건 로벨도 관계된 이야기야. 그걸 듣고서, 로벨이 있는 곳으로 가줘."

"……무슨 일인가요?"

"로벨한테는 이미 알렸어. 그래서 상태가 이상했던 거야. 뭐, 그건 지금부터 이야기할 일과는 또 다른 거지만. 먼저 중요한 것부터 이야기할게."

"……."

"엘렌, 방금 깨달았지?"

"저 왕족이 배신해서 무얼 하려고 하는지. 눈치챈 거지?"

"아……."

조금 전까지 생각하고 있던 일이다. 로벨에게, 이웃 나라가 무얼 하려 하고 있는지.

"이대로는 로벨이 위험해. 그러니까 부탁이 있어."

"그…… 설마……."

"로벨이 계기가 돼서, 엘렌은 결단을 내릴 거야. 그러지 않으면 안 돼. 그걸 깨달아버린 거지?"

"……윽!"

온몸이 떨리고 호흡이 얕아졌다. 그렇다— 조금 전 깨달은 아미엘 일행의 의도.

만약 라비스엘과 마찬가지로 저주의 힘을 이용해 로벨을 무력화하려고 한다면—.

그리 생각한 엘렌의 사고를 읽었는지 보르가 말했다.

"그 여자들의 저주만, 다른 자들의 저주와는 다르게 변질되어버렸어. 그 힘은 로벨만으로는 다 막을 수 없어."

"그럴 수가……!!"

"그녀들의 뒤틀린 마음이 저주에 영향을 주고 있어. 다른 자에게는 다른 영향이 있었듯이, 마음은 저주에 영향을 주거든. 지금까지 아무 일도 없었던 건, 정령의 저주라는 걸 전혀 몰랐기 때문이야."

"마음……?"

"여자의 딸 쪽이 저주의 힘을 알았어. 이걸로 로벨을 무력화시킬 수 있다고 옆 나라 왕에게 이야기한 거야. 그래서 옆 나라 왕은 그 이야기가 진짜인지 확인할 필요가 있었지. 그걸 증명하기 위해서,

자신을 미끼로 삼아 로벨을 불러내려는 거야."

"전쟁이 일어나든, 그녀들이 살해당하든. 어찌 되든 옆 나라 왕의 생각대로 되는 거지."

"로벨이 잡히면…… 다음은 알지?"

바르의 말에 엘렌은 눈에 눈물을 글썽이며 끄덕 고개를 끄덕였다.

그렇게 되어버리면, 인간을 「적」으로서 결단하지 않으면 안 된다.

정령들은 반크라이프트에 있는 사람들도, 전부 적으로 간주하리라.

"으읏……."

뚝뚝 떨어지는 눈물을 보르가 살며시 닦아주었다.

"엘렌, 울지 마. 그렇게 되는 건, 우리도 바라지 않아."

정령을 학살한 일을 용서하지 않은 대정령들은, 인간을 싫어하는 자가 대부분이었다.

인간과 계약하는 정령들은 태어난 지 얼마 안 된 아기라고 해도 좋을 정도로 사리 판단이 안 되었다.

그저 흥미 본위라는 감정만으로 인간과 계약을 맺는다. 맺고 거기에서 자아가 싹트는 자도 많았다.

대정령들을 설득했던 것은 로벨과 엘렌과 오리진이다.

그렇지 않아도 엘렌을 노리는 헬그너의 왕 탓에 대정령들은 폭발 직전인 분노의 탄환을 품고 있었다.

로벨이 잡힌다는 것은, 그 방아쇠를 당기는 것이나 마찬가지였다.

게다가 로벨에게 무슨 일이 생긴다면, 모든 것의 여왕인 오리진의 분노를 살 것은 명백했다.

"어떻게 할 수 있는 건가요……?"

"그걸 할 수 있는 건, 엘렌뿐이야."

"네……?"

"엘렌, 부탁이 있어. 이건 인간과 정령을 천칭에 올리지 않는, 엘렌만이 할 수 있는 일이야."

"반정령으로 다시 태어났을 때, 로벨은 이미 결단했어. 그래서 로벨은 할 수 없어."

쌍둥이 여신의 말을 받아들이기 전에, 엘렌은 무심코 꿀꺽 침을 삼켰다.

온몸의 떨림이 멈추지 않았지만, 거기에 저항하듯이 주먹을 쥐고 참았다.

"알았습니다. 얘기해주세요."

자신밖에 못 하는 일이라면, 할 수밖에 없다.

엘렌을 걱정해준 반크라이프트가에 있는 사람들의 얼굴이 떠올랐다. 그리고 라비스엘과 가디엘의 얼굴도.

같은 왕가의 사람인데, 저주를 무기로 바라본 라비스엘. 저주를 슬퍼하고, 정령과의 사이를 진지하게 받아들이는 가디엘.

정령을 생각하는 방식이 이렇게까지 다르다.

정령과 인간이 적이 되면 슬퍼할 자는, 누가 있을까?

사이 좋은 흄과 카르, 그리고 가디엘일지도 모른다.

조이사이트의 정령을 매우 자애로운 시선으로 보고 있던 가디엘의 얼굴이, 엘렌의 뇌리에 스쳐 지나갔다.

가디엘이 정령에 관해 진지하게 생각하고 있다는 사실이 전해주었던 것은 저주만이 아니었다.

각오를 다지고 앞을 내다본 엘렌에게 두 여신은 아주 조금 슬픈 표정을 지으면서도 고맙다며 미소 지었다.

*

정령성의 최상층에 있는 발코니에서, 로벨은 혼자 먼 곳을 보고 있었다.

자신 탓에 엘렌이 성장하지 못한다는 것을 알았을 때의 충격. 그 원인을, 마치 저주처럼 계속 들려줬던 자신.

로벨에게 그럴 마음 같은 건 조금도 없었지만, 다정한 엘렌은 그의 바람을 무의식적으로 이뤄주고 있었다.

"엘렌……."

로벨은 양손으로 얼굴을 덮고 웅크려 앉았다.

몬스터 템페스트로 모든 것을 포기했던 자신의 인생. 행복을 손에 넣는 일 따윈 불가능하리라고 생각했다.

유일하게, 곁에서 지켜봐 주었던 오리진만이 로벨의 구원이었다.

더는 방법이 없다며 모든 힘을 짜내기 직전, 옆에 있던 오리진에게 그 손을 놓는 것을 용서해달라고 말했다.

모든 것이 빛에 감싸이고, 잡은 손이 떨어지듯이 감각이 사라져 간 것을 여전히 기억하고 있다.

그것은 지금까지의 굴레에서 해방되는 것 같기도 했고, 오리진이라는 유일한 존재가 사라져버린다는 공포이기도 했다.

그런 감각도 한순간이었고, 다음에 눈을 떴을 때 앞에 있던 것은 울고 있는 오리진이었다.

어째서 살아 있는 것인지 어리둥절해하는 로벨에게, 사죄하면서 헤어지고 싶지 않다고 매달리는 오리진을 본 그는 모든 것을 용서하고 인생을 정령에게 맡긴다는 선택을 했다.

그 후로 시간이 흘러, 마치 그들을 축복하듯이 인간과 정령 사이에서는 결코 태어날 수 없다고 했던 엘렌이 태어났다.

"엘렌……."

자신의 한심한 행동으로 엘렌이 사라져버린다면.

그런 일이 되어버린다면, 로벨은 더는, 견딜 수 없을 것이다.

"……윽."

으드득하고 이를 악물고 있으려니, 갑자기 등에 퉁 하는 충격이 내달렸다.

"으윽?!"

뭔가 하고 등 뒤를 보자, 자신의 등에 딱 달라붙은 엘렌이 있었다.

"에, 엘……."

"아버지한테는…… 이렇게 해줄 거야!"

간질간질하고 등 뒤에서 옆구리를 간질이자, 로벨은 으아아아 하고 한심하게 소리를 질렀다.

"후후훗."

"에, 엘렌! 안 돼. 그만둬……!"

"항복하면 멈출게요~."

"항복! 항복할게!!"

"좋아요."

바닥에 주저앉아 거친 숨을 몰아쉬는 로벨을 내려다보듯이, 흥 하고 의기양양하게 미소를 짓는 엘렌.

"……엘렌."

"아버지의 바람을 무의식적으로 이뤄주고 있었다니, 정말~~로 원치 않던 바예요. 그런고로, 저는 지금부터 사양하지 않고, 단숨에 성장할 거예요!"

마치 선언이라도 하듯이 기세 좋게 단언한 엘렌을 보며 로벨은 눈을 동그랗게 떴다.

"아버지, 저는 아버지의 딸이라 행복해요."

방긋 웃고, 엘렌은 로벨을 끌어안았다.

"……읏."

로벨의 얼굴이 일그러졌다. 소중한 딸을 꽉 끌어안고 넘쳐나오는 감정과 함께 미안하다고 사과했다.

"엘렌, 태어나줘서 고맙다. 내 딸이라 고마워……."

"네. 제 아버지로 있어 주셔서, 감사해요."

간지러운 듯이 웃은 엘렌을 보며, 로벨도 구원받은 듯이 웃었다.

제59화 잠입과 고백

라비스엘이 깨어났다는 연락이 들어오자 가디엘은 서둘러 라비스엘이 있는 곳으로 향했다.

라비스엘은 아직 몸이 무거운지, 열이 오른 안색을 하고 있었다. 그는 침대 가까이로 오라고 가디엘을 불렀다.

"폐하, 몸은 좀 어떠십니까?"

"아…… 아니, 그보다 너는 괜찮으냐?"

"네. 저는 이제 아무렇지도 않습니다."

"그런가. 그럼 됐다……. 나는 당분간 여기서 나가지 못할 것 같구나……."

두통으로 고통스러워하면서도 침대에서 상반신만이라도 일으키려 했지만, 통증을 견딜 수 없었던 모양이다. 희미한 신음 소리를 내며 파리한 얼굴을 한 라비스엘을 보고, 가디엘은 무리하시면 안 된다고 말렸다.

"……보고는 들었느냐?"

"네."

"갈 수 있겠나?"

"맡겨주십시오."

"우리가 직접 데리러 왔다는 걸 알면, 이쪽으로 돌아온 뒤엔 처형된다는 것쯤은 그 녀석도 눈치챌 테지. 아미엘은 적을 끌어들이고, 선왕을 죽였다."

"네."

"자비는 필요 없다."

"네."

가디엘은 망설임 없이 고개를 끄덕였다. 그 각오는 이미 되어 있었다.

아미엘은 적과 손을 잡고, 텐바르 왕국의 백성을 위험에 빠뜨린 죄가 있다.

왕가의 사람인 이상, 절대로 해서는 안 되는 일이었다.

가디엘은 태어난 순간부터 왕족으로서의 교육을 받았다. 라비스엘이 쓸 수 있는 것은 전부 쓰고 수단을 가리지 않는 것도, 전부 짊어지고 있는 백성을 생각하고 있기 때문이었다.

아미엘의 배신은 텐바르 왕족을 근절하려는 헬그너의 의도에 동조한 것이다.

자신만 좋으면 된다며 비웃는 아미엘을 용서할 수 있을 리 없다.

자비를 베풀면, 지켜야만 하는 백성을 두고 이쪽이 죽게 될 뿐이라고 가디엘은 이해하고 있었다.

"네 초조함은 이해한다. 아미엘은 교섭을 위해 로벨과 엘렌을 헬그너 왕에게 넘긴 거니까."

"……네."

자신들이 살기 위해 엘렌을, 그리고 보수로 로벨을 요구했으리라고 라비스엘은 말했다. 그렇지 않다면 헬그너 왕이 손잡을 메리트가 아미엘에게는 없었던 것이다.

가디엘의 분노가 투명하게 보인 라비스엘은 쿡 하고 웃었다. 장소에 어울리지 않는 웃음에, 가디엘은 허를 찔렸다.

"조금 전 로벨이 여기에 왔었다. 어쩌면 네 대에서 저주는 끝날지도 모른다고 하더군. 그 증거로, 저주의 영향이 네게는 가벼웠다지?"

"네……?"

놀란 가디엘은 눈을 부릅떴다. 머릿속이 새하얘졌다. 저주가 끝난다면, 그것은 엘렌 옆에 있을 수 있다는 뜻이 아니냐며 기쁨이 솟아올랐다.

"다만, 너뿐일지도 모른다."

"……무슨 말씀이십니까?"

"그 판단은 나로서도 모른다. 나는 이 저주를 정령 마법사 대책으로 취급하기로 정했다. 너도 그건 알고 있었지?"

"물론입니다."

"아니지. 너는 생각했을 거다. ―엘렌 옆에 있고 싶다고."

"그, 그건……!"

"네 마음은 눈치채고 있었다. 사람 좋은 엘렌은 저주가 있어도 무시하지 못할 거라고 판단한 건 나였다. ……설마, 이런 효과를 가져올 거라고는 생각하지 못했지만."

킥킥 하고 웃는 폐하의 모습에 가디엘은 혼란스러워졌다.

"무슨…… 말씀입니까?"

"왕가의 긍지는 잊지 말라고 말하고 싶지만, 엘렌에 관해서는 네 뜻대로 행동하거라."

라비스엘의 말에 가디엘은 놀랐다.

"로벨은 아미엘을 데리러 갈 때 엘렌을 데려가지 않겠다고 했지만, 그녀는 멋대로 갈 테지. 엘렌은 가족을 사랑하고 있으니까."

"어째서, 엘렌이……."

"너는 아기엘을 기억하지 못하는 건가?"

"숙모님은…… 소문밖에 모릅니다."

"교육에 안 좋다며 떼어놓았던 건가. 그걸 보면 알 거다. ……몹시 짜증이 나거든."

그리운 듯 웃은 라비스엘은 점점 슬픔이라고도 느낄 수 있는 감정을 눈가에 드리우고 있었다.

"그렇게 키워버린 건 선왕과 나다. 삐뚤어졌다는 걸 알면서 옛날의 나는 재미있어하고 말았다. 조만간, 스스로 왕족의 긍지를 깨달을 거라며 대수롭지 않게 여겼지."

로벨에게는 나쁜 짓을 했다고 폐하가 조용히 중얼거렸다.

"엘렌을 지켜라. 무슨 일이 있어도 말이다."

"물론입니다."

"그래. 네 능력을 기대하마."

"네!"

가디엘은 인사를 하고서 방을 나섰다.

그 뒷모습을 지켜본 라비스엘은 툭 중얼거렸다.

"부탁한다. 무사히 돌아와다오……."

왕이기 이전에 자신도 한 명의 아버지라고, 라비스엘은 생각했다.

*

며칠 후, 가디엘의 지시로 아미엘을 데리러 가기 위한 부대가 편성되었다. 그중에는 사우벨도 있었다. 부대의 전이를 돕기 위해 로벨도 대정령을 몇 명 이끌고서 입회했다.

작전 회의 후, 가디엘은 왕가의 대표로서 로벨과 대정령을 앞에 두고 고개를 숙였다.

"큰 협력에, 감사드립니다."

"……."

대정령들은 대답하지 않았지만, 전처럼 가디엘 옆에서 도망치려 하지는 않았다.

가디엘에게는 그것만으로도 충분히 기뻤다.

"각자 자리로! 이제부터 작전을 개시한다!!"

"예!!"

가디엘을 본 로벨과 대정령은 내심 놀라고 있었다.

그의 행동과 생각이 저주에도 영향을 주고 있다는 것이 지금은 확실하게 보이고 있었다.

'로벨 님, 저자를…… 이제부터 데리러 간다고 하는 왕족과 만나게 해서는 안 됩니다.'

'역시 그런가……. 생각했던 것보다 빨랐군.'

대정령에게 염화가 전달되었고, 로벨은 쓴웃음을 지었다.

전이 전에 로벨은 가디엘에게 그 영혼을 지키기 위한 결계를 펼쳤다.

'하지만…… 뭔가 안 좋은 예감이 들어.'

무언가를 잊고 있는 것만 같다며 로벨은 생각을 해보았지만, 머리 한편에서 걸렸던 무언가를 알아챌 수는 없었다.

그 모습을 쌍둥이 여신이 지켜보고 있다는 것도 모른 채, 로벨은 모두와 함께 걸음을 옮겼다.

*

작전 결행일, 엘렌은 로벨에게 정령성이 아니라 반크라이프트 저택에 있으라는 말을 들었다.

성의 수경으로 상황을 전부 지켜볼지도 모른다며 엘렌을 떼어놓으려 한 모양이었다.

전쟁의 방아쇠가 될 자리다. 간단히 서로를 죽이게 되리라. 사람이 간단히 죽어가는 모습을 목격하고, 엘렌이 냉정할 수 있을 리 없었다.

라필리아가 위험해졌을 때, 엘렌은 과호흡을 일으킨 적이 있다.

로벨은 오리진에게도 말해두고, 반에게도 엘렌에게서 눈을 떼지 말라고 명령했다.

엘렌은 로벨의 걱정을 아플 정도로 알고 있었다. 그래서 고개를 끄덕일 수밖에 없었다.

"어떡해야 할까……."

그러나 엘렌의 머릿속에서 소용돌이치고 있는 것은, 쌍둥이 여신이 말했던 앞으로의 일이었다.

소중한 가족을 노리고 있다는 걸 알면서, 아무것도 하지 않는다는 생각은 할 수 없었다.

괴로워하는 분위기가 엘렌에게서 풍겼다. 불만 가득한 얼굴을 하고서, 어떻게든 참으려 하는 그 모습을 주위 사람들이 눈치채지 못할 리 없었다.

그러나 로벨은 억지로 엘렌을 반크라이프트가의 저택으로 데려가, 이자벨라와 카이에게도 그녀에게서 눈을 떼지 말라고 엄명했다.

이자벨라는 옆에서 엘렌의 머리를 쓰다듬으며 끌어안았다. 입을 다문 엘렌에게서 로벨 일행을 걱정하는 마음이 넘쳐흐르는 것을 아플 정도로 느낄 수 있었다.

"엘렌, 기다리는 건 힘들구나. 하지만, 우리는 기다릴 수밖에 없단다."

"할머님……."

"나도 몬스터 템페스트 때, 각오했어도 바르벨과 로벨을 기다리는 동안은 괴로웠지. 돌아온 것은 차가워진 남편. 그리고 아들은 죽을 뻔한 채 돌아올 수 없게 돼서……. 영웅이니 하고 찬양해도 전혀 기쁘지 않았단다. 그런 건 필요 없으니까 남편과 아들을 돌려

달라고 계속해서 울었지."

바르벨이란, 로벨의 아버지인 반크라이프트가의 전 당주 이름이었다.

이자벨라는 그때의 일을 떠올리고 있는지, 엘렌을 안으며 살짝 떨고 있었다.

로벨을 잃을지도 모른다고 생각하고 있는 것은 엘렌만이 아니다.

그녀는 무심코 이자벨라를 마주 꼭 끌어안았다. 엘렌의 다정함을 눈치챈 이자벨라는 기쁜 듯이 웃었다.

"남편과 아들을 전선으로 보낸 증오스러운 여자가 시집을 오기까지 하니, 정말이지 최악이었어. 그게, 완전히 달라진 거야. 아들이 손녀를 데려와 주다니!"

엘렌을 안은 이자벨라의 팔에 아주 조금 힘이 실렸다. 그녀에게서 너무 기뻐서 견딜 수 없다는 마음이 넘쳐흘러 엘렌은 간지러운 기분이 되었다.

"엘렌, 로벨이 걱정되는 건 안단다. 하지만, 로벨도 우리도 네가 걱정돼. 사람이 싸우고 죽는 그런 위험한 장면을 보고, 냉정하게 있을 수 없을 거야. 그의 마음을 알아주렴."

"네……."

그런 게 아니라고 말하고 싶었다. 사랑하는 아버지가 위험하다고 소리치고 싶었다.

하지만, 어찌하면 이곳을 빠져나갈 수 있을지 알 수 없었다. 수경이 없으면 저쪽 상황을 알 수 없었던 것이다. 자칫하면 때를 놓치고 마는 사태가 되리라.

다정한 이자벨라와 모두를 떨치고 성으로 돌아가면 카이와 반은 처분을 받고 만다.

엘렌의 약점을 잘 아는 로벨이 취한 행동은 분할 만큼 적확했다.

생각에 잠긴 엘렌은 말이 없었다. 고개를 숙이고 줄곧 잠자코 있는 그녀에게 보다 못한 주변 사람들이 이것저것 해주려 했지만, 엘렌은 전부 거절했다.

"가만히 내버려 두죠."

이자벨라의 배려에 엘렌은 겨우 숨을 내쉬었다. 그러나 초조함이 짜증으로 변할 때까지 시간은 그다지 걸리지 않았다. 엘렌의 이런 태도에 카이도 놀랐다.

이자벨라는 그녀의 관심을 돌릴 무언가를 찾기 위해 방을 나섰다. 하지만 방 안에는 엘렌과 반, 그리고 카이뿐이었다.

카이는 절대로 엘렌에게서 눈을 떼지 않겠다며 로벨의 말을 빈틈없이 지키고 있었다.

아무도 입을 열지 않았다. 그런 중에 반이 갑자기 크읏, 하고 신음했다.

조용한 방 안에서 그것은 큰 변화를 가져왔다. 모두가 관심을 돌릴 무언가를 기다렸던 것처럼도 보였다.

분위기가 변한 방 안에서 반이 미간에 주름을 잡고 있었다.

반이 누군가와 염화를 하고 있다는 것은 바로 알았다. 엘렌은 무슨 일일까 하며 고개를 갸웃거렸다.

“공주님, 죄송합니다. 잠시 자리를 비우겠습니다. 카이, 공주님 옆에 있어라.”

“당연하지. 그보다, 갑자기 무슨 일인데?”

“오리진 님께서 부르십니다. 분부하실 게 있나 봅니다. 잠시 다녀오겠습니다.”

엘렌에게 그렇게 말하고 사라진 반을 지켜보고, 엘렌은 「어머니가?」 하고 중얼거렸다.

어쩌면 사태가 안 좋은 쪽으로 흘러가 버린 것은 아닐까 싶어진 엘렌의 안색이 나빠졌다.

“엘렌 님, 엘렌 님.”

카이가 부르고 있는 것을 겨우 깨닫고, 그를 보았다. 창백해진 그녀를 달래듯이 카이는 소파에 앉은 엘렌의 발아래에 무릎을 꿇었다.

앉아 있는 엘렌 앞에 무릎을 꿇었어도, 카이는 키가 커서 시선은 거의 달라지지 않았다. 그런 카이가 머리를 쓰다듬어주었고, 엘렌은 울음이 터질 것만 같았다.

감정에 이끌려 그만 툭 새어 나오고 말았다.

“아버지가…… 이대로는…….”

“무슨 일이 있는 겁니까?”

“가야만 해. 하지만 어떻게…….”

엘렌의 그 모습은 이 자리에 쇠사슬로 구속되어 있는 것처럼도 보였다.

계속 옆에서 보고 있던 카이는 바로 알았다. 엘렌을 구속하고 있는 쇠사슬은 자신이라고.

"엘렌 님, 설마 저를 생각하셔서……?"

"……."

엘렌은 부정하지 않았다. 아니, 뭐라고 말하면 좋을지 모르겠는 것이리라. 난처한 얼굴을 하고 있는 엘렌를 보며 카이는 가슴이 답답해지고 말았다.

자신들 부자는 언제나 엘렌을 곤란하게 한다. 어떻게 하면 그녀에게 도움이 될 수 있을지, 카이는 금세 이해했다.

"엘렌 님, 제게 마음을 쓰는 건 그만두십시오. 저는 당신에게 도움이 되고 싶은데, 이런 건 원하지 않습니다."

"어…… 아……."

"부디, 하고자 하는 일을 말씀해주십시오. 제 주인은 분명 로벨 님이시긴 하지만, 저는 당신을 위해 존재하고 싶습니다."

"카이 군……."

카이의 요청에 엘렌은 눈물이 나올 것만 같았다. 하지만 이런 다정한 카이가 처분 받게 할 수는 없다며 이성이 움직였다.

또다시 어찌하면 좋을지 알 수 없어진 엘렌에게 카이는 웃으며 말했다.

"로벨 님은 엘렌 님에게서 눈을 떼지 말라고 엄명을 내리셨습니다. 요컨대 옆에서 떨어지지만 않으면 된다고 보지 않으십니까?"

"어? ……앗!"

"그러니, 가실 때는 저도 옆에 있게 해주십시오."

빙긋 웃은 카이를 보며 엘렌은 눈을 동그랗게 떴다. 마치 말의 허점을 잡는 듯한 그 수단에 엘렌은 카이답지 않다며 무심코 웃었다.

"옆에서 쭉 보고 있었으니까요. 엘렌 님의 특기 아닙니까?"

"정말! 카이 군, 못됐어!"

키득키득 웃는 카이에게 엘렌은 뾰로통하게 화를 냈다. 조금 전까지의 무거운 분위기가 순식간에 사라졌다. 카이에게 도움을 받았다는 것을 알고 엘렌은 미안하다고 사과했다.

하지만 카이는 어째서 이렇게까지 자신에게 잘해주는 것일까.

은혜를 느껴서 이렇게까지 해준다고 하기에는 뭔가 다른 듯한 느낌이 들어서, 엘렌은 무심코 물었다.

"고마워, 카이 군. 하지만 어째서 이렇게까지 해주는 거야?"

"아……."

엘렌의 직접적인 질문에 카이는 허를 찔린 듯 당황했다. 그리고 단숨에 얼굴을 붉혔다.

그 모습을 눈앞에서 보고 엘렌도 놀라 눈을 동그랗게 떴다.

"아, ……그……."

"……."

뭔가 이상한 분위기가 아닌가?

무언가 수상한 느낌에 엘렌은 저도 모르게 반사적으로 도망치려 했다.

"기다려주십시오."

덥석, 손을 잡혔다. 그 사실에 놀라 눈앞에 있는 카이를 보자 그는 진지한 얼굴을 하고 있었다.

그 얼굴은, 결의를 했다고도 볼 수 있는 얼굴이었다.

"좋아합니다. 당신을, 좋아합니다."

"……아."

카이의 갑작스러운 말에 엘렌은 할 말을 잃었다. 눈을 동그랗게 뜨고 놀랐다.

엘렌의 머릿속에서, 지금까지 느꼈던 위화감의 조각들이 달칵하고 맞춰지는 소리가 들렸다.

고백을 받았는데, 마치 지금까지 이해할 수 없었던 일들이 이해되었다는 얼굴을 하고 있는 엘렌의 모습에 카이는 쓴웃음을 지었다.

"엘렌 님이 저를 그런 대상으로 보고 있지 않다는 건 처음부터 알고 있었습니다. 하지만, 저는 이제 감출 수 없습니다. 당신의 도움이 될 수 있다면, 저는 만족합니다."

카이의 말에 엘렌은 그 언제보다 머릿속이 하얘지고 말았다. 그래서 툭 중얼거리고 말았다.

"카이 군은…… 라필리아를 좋아한다고만……."

"네?!"

"앗!"

"……무슨 말씀입니까?"

카이가 웃는 얼굴로 위압하자, 엘렌은 창백해졌다.

엘렌은 카이가 라필리아를 좋아한다고만 여기고 있었다.

"그게…… 언제나 라필리아랑 말다툼을 해서……."

"아아, 그렇군요."

"라필리아는…… 저기, 그…… 다른 사람을 신경 쓰고 있잖아? 그래서 그…… 라필리아의 관심을 끌고 싶은 거라고……."

말끝이 점점 잦아드는 목소리에 카이는 머리를 감싸 쥐었다.

엘렌을 두고 모의전을 했건만, 성대하게 오해를 받고 있었던 것이다.

"저, 저기……."

미안하다고 이어지려는 말을 듣고 싶지 않아 카이는 엘렌의 말을 가로막았다.

엘렌이 카이를 전혀 의식하지 않았던 것은 알고 있었다. 하지만 이렇게까지 오해를 하고 있었다고 한다면, 호의가 자신을 향하고 있다고는 상상도 하지 않았을 터였다.

카이는 그 시간도 주어지지 않은 채, 차이는 건 싫다고 생각했다.

"엘렌 님, 부디 저를 생각해봐 주시지 않겠습니까?"

"……."

"부디—."

부탁드립니다, 하고 이으려던 카이의 말을 엘렌은 미안하다고 웃으며 잘랐다.

그 미소 띤 얼굴이 슬픈 듯, 당장에라도 울 것 같은 표정을 하고 있었다.

"내 몸을 보고, 이미 알고 있잖아?"

"엘렌 님……."

"시간의 흐름이 달라. 나는 정령이야."

"그, 런…… 저는……."

"안 돼. 함께 있을 수 없는걸. 그게, 나는 정령이고, 여신이니까. 언젠가는 정령계에서 머물러야만 해. 그곳은 마소로 가득한 세계. 인간은 있을 수 없어."

"……."

"나는 정해진 때보다 일찍 힘에 눈을 뜨고 말았어. 그 영향을 생각하면, 당분간 저쪽에 있어야만 해. 그러니까…… 미안해……."

"저쪽에 있는다……? 떠, 떠나지 않는다고 지난번에 말씀하셨잖습니까!"

엘렌이 원인이 되어 전쟁이 벌어진다면, 정령계로 돌아간 채 인간계로는 돌아오지 않을 셈이었다.

그걸 간파하고 반크라이프트가의 사람들에게 설득되어 머물기로 약속했는데, 어째서냐며 카이가 당황했다.

"그 후, 내 몸의 성장이 늦어지는 것이 문제라는 걸 알았거든. 내가 열을 내며 몇 번이나 쓰러진 것도, 그 탓이래……."

"그, 그런……."

"힘의 안정을 위해서, 한동안은 정령계에 있으라는 말을 여신님께 들었어. 그러니까…… 미안해."

바람이 이뤄지든 깨지든, 함께할 수 없다는 것을 안 카이는 창백해졌다.

그러나 바로 고개를 들고, 엘렌에게 말했다.

"……부디 그때까지, 곁 있게 해주십시오."

"카이 군……."

"부탁드립니다."

고개를 숙이는 카이의 모습에 엘렌은 눈물이 날 것만 같았지만, 웃으며 말했다.

"나야말로, 고마워."

"엘렌 님……."

엘렌의 웃는 얼굴을, 카이는 눈부신 듯 보고 있었다.

카이는 이쪽을 빤히 바라본 채 엘렌의 손을 사랑스럽다는 듯이 잡았다. 잠시 서로를 바라보고 있었지만, 점점 머릿속이 냉정해져 갔다.

지금까지 자각하지 못했지만, 지금 막 엘렌은 카이에게 고백을 받은 것이다. 그 사실이 점차 자각되기 시작했는지, 엘렌의 뺨이 희미하게 물들었다.

바라보고 있는 것이 부끄러워져서 카이에게서 시선을 돌리자, 카이가 훗 하고 웃는 기척이 느껴졌다.

그 분위기는 무척이나 다정한 것이었다. 거절당했는데도, 카이는 원망하기는커녕 모든 것을 감싸는 것 같은 다정함을 보여주고 있었다.

호의를 받은 것은 순수하게 기쁠 텐데, 그것을 거절하고 만 자신에게 죄책감이 밀려들었다.

하지만 어쩔 수 없는 일이라고 머릿속이 고하고 있었다. 이대로 호의를 받아들인다고 해도, 이별은 가까이에 와 있다.

"공주님, 오래 기다리셨습……."

갑자기 방으로 돌아온 반의 기척에 퍼뜩 고개를 들자 이쪽을 무표정하게 보고 있는 반이 보였다.

그 시선은 카이와 엘렌의 이어진 손에 쏟아지고 있었다. 마치 부드럽게 솟아오르는 분노와 비례하는 듯, 그 눈이 가늘어지고 있었다.

"꼬맹이…… 설마 내가 없는 사이에 공주님께 뭔가……."

바닥을 기는 듯한 반의 낮은 목소리에, 엘렌이 당황하며 해명했다.

"아, 아니야! 카이 군은 나를 격려해줬을 뿐이야!"

"……그렇습니까?"

엘렌이 끄덕끄덕 고개를 끄덕이자 반은 떨떠름하게 납득했다. 카이가 왜 안 믿어주냐고 중얼거리자 거기에 반은 코웃음을 쳤다.

"꼬맹이가 생각하고 있는 것 따위 뻔히 다 보인다."

"뭐……?"

"계약한 자들끼리는 영혼이 통하기 쉽게 되어 있는 것을 깨닫지 못한 것이냐? 뭐, 나는 꼬맹이한테 그대로 다 들키는 실수 같은 건 안 하지만."

"어…… 어?"

정령은 인간과 계약할 때 상대의 영혼의 질에 끌린다. 서로 계약을 맺음으로써 강한 인연이 싹트는 것은, 영혼을 구성하는 마소를 계약을 통해 연결하기 때문이다.

연결된 영혼을 통해 정령이 가진 힘을 끌어내서 얻는 것과 동시에, 상대의 강한 감정에 이끌려 영향을 받는 일도 있다. 그것은 즉, 계약자의 사고가 정령에게 전해진다는 뜻.

"꼬맹이가 공주님에게 발칙한 마음을 갖고 있다는 것은 명백. 설마 이러한 상황을 개의치 않고 공주님께 무언가 했다고 한다면 용서는……."

"으아아아아!!"

하지 마! 하고 반을 막으려 드는 카이는 드물게도 당황하고 있었다.

여기에는 반도 깜짝 놀라서 귀와 꼬리가 뿅 튀어나왔다. 그리고 얼굴을 붉히고 허둥대는 카이에게 이끌려 엘렌의 얼굴도 붉어졌다.

그것을 눈썰미 좋게 알아챈 반에게서 살기가 피어올랐다.

"꼬맹이이이이……."

"아아아아니야!"

반이 위협하는 목소리를 냈다. 이대로 둬서는 안 되겠다며 엘렌은 반의 소매를 잡아당기며 「어머니는 뭐라셔?」 하고 화제를 돌리기로 했다.

여기에 헉! 하고 정신을 차린 반은 서둘러 엘렌을 향해 섰다. 중요한 보고인 것임이 틀림없다. 순식간에 의식을 바꾼 반의 태도에서 긴장이 전해져왔다.

반의 의식이 바뀌어서 안심하면서도, 카이도 마음을 다잡았다.

"오리진 님에게, 이걸 받아왔습니다. 그리고 로벨 님이 계신 위치를 듣고 왔습니다."

"뭐?!"

반의 손에는 수경의 힘을 일부 옮겨 담은 손거울이 있었다. 이게 있으면 로벨의 상황도, 위치도 알 수 있다.

로벨의 위치를 모르면 달려가고 싶어도 전이할 수 없다고 생각했던 엘렌은 희망이 생겼다며 울고 싶은 기분이 되었다.

"어머니……!"

"오리진 님은 모든 것을 엘렌 님께 맡기시겠다고 하십니다. 성에 있는 이들도 대기하고 있습니다. 무슨 일이 생기면 달려오겠다고 합니다. 직접 움직이지 못하는 것을 애석하게 여기고 계셨습니다……."

"어머니는 지금 아주 중요한 시기인걸. 이건 아버지의 딸이자 여신인 내 역할이야. 그러니까 어머니, 신경 쓰지 마세요."

손에 든 손거울을 향해서 그렇게 말하자, 거울이 물처럼 일렁였다. 그 너머에는 당장에라도 울음을 터뜨릴 것처럼 얼굴을 일그러뜨린 오리진이 있었다.

『엘렌…….』

"어머니, 정말로 고마워요! 이걸로 그쪽으로 갈 수 있게 됐어요!"

『이 정도밖에 할 수 없어서 미안해…… 로벨도 걱정이지만, 엘렌도 걱정이야…….』

소중한 가족이 힘든 사태에 말려들었다는 사실에, 주변 마소에서 오리진의 불안정한 조짐이 보였다. 그걸 안 엘렌은 용기를 주려는 듯 괜찮다고 힘주어 말했다.

"어머니, 괜찮아요. 모두가 옆에 있는걸요."

『엘렌…….』

"남의 가정에 제멋대로인 이유로 무단으로 발을 들이려 하는 놈들은…… 전력으로 뭉개버리겠어요!"

엘렌은 주먹을 쥐며 선언했다.

그것을 마음 든든하게 여겼는지, 오리진은 살며시 웃었다. 엘렌은 쌍둥이 여신에게 차기 여신으로서 시험을 받고 있다. 그걸 알고 있기 때문에, 임신한 상태가 아니라고 해도 오리진은 아무것도 할 수 없었다.

『무리는 하면 안 돼.』

"아뇨. 온 힘을 다해서 열심히 하겠습니다!"

기합을 넣은 엘렌은, 감사 인사를 드리고 오리진과의 수경을 차단했다. 이걸로 저쪽 상황을 알 수 있게 되었다.

성에 있는 이들도 만약에 대비해 대기해주고 있다는 것을 알자 갑자기 의욕이 생겼다.

엘렌은 쌍둥이 여신에게 들은 말을 되새기고 심호흡을 했다.

이제부터 시작되는 일은, 앞으로도 쭉 기억에 새겨지리라.

반과 카이를 힐끗 보니, 두 사람도 각오한 듯 고개를 끄덕이며 재촉해주었다. 여기에 용기를 받으며 이 앞에 펼쳐질 터인 광경에 각오를 갖고 임했다.

"갑니다!"

엘렌은 손거울을 향해서, 로벨을 떠올렸다.

제60화 저주의 폭주

목적지로 전이한 로벨 일행은 날아든 광경에 눈을 부릅떴다. 목표가 있는 곳은 울창한 숲이라 시야가 나쁠 터인데, 지금은 분명하게 그 존재를 알 수 있을 만큼 주변이 저주로 가득 차 있었다. 그것은 아기엘 일행이 있는 장소를 중심으로, 검은 안개가 되어 주변을 채우고 있는 것이리라.

마치 숲이 저주받은 것만 같은 이상한 광경에 로벨과 대정령들은 미간을 좁혔다.

"이건 정령의 저주인가?"

"저주가 들린 영혼에 영향을 받고 있는 것일 테죠. 이렇게 되어버리면 인간으로 남아 있을지도 의심스럽습니다."

대정령 중 하나가 조용히 중얼거렸다. 그 말에 무슨 뜻이냐며 로벨이 묻자, 대정령은 그 예로서 조금 떨어진 위치에 있는 가디엘을 힐끗 곁눈질하며 말했다.

"우리는 분명, 편히 죽게 두지 않겠다며 인간의 왕에게 술수를 걸었습니다. 거기에 동포의 원통함과 분노가 뒤섞이고 증폭되어, 저주로 변해 씌었다. 우리는 자손 대대로 저주를 거는 건 불가능합니다. 그건 저주가 된 동포들이 계획한 일."

"마음의 힘으로 정화……. 이해가 좀 안 됐었는데, 그런 거였나."

로벨과 대정령의 말이 들던 것인지, 조금 떨어진 위치에 있던 가디엘이 다가왔다.

"저주가…… 어떻게 됐습니까?"

정령의 저주는 자신에게도 걸려 있다. 라비스엘에게 해방될지도 모른다고 듣기는 했지만, 그것이 자신뿐이라는 것은 그리 기쁘지 않았다.

가디엘의 저주가 풀린다고 한다면, 부모 형제도 그리되기를 바라지 않을 수 없었다.

그가 다가와도 정령들은 도망치려 하지 않았다. 여기에 가디엘은 놀라면서도, 자신이 먼저 거리를 조금 두고 이야기를 시작했다.

평소라면 대정령들은 텐바르의 왕족에게 다가가지 않는 것은 물론이고 혐오하며 노려보았을 것이다.

얼마 전 그것을 눈앞에서 똑똑히 목격하기도 했던 가디엘이 진중하게 거리를 유지하는 것이 전해졌는지, 대정령이 그 물음에 답했다.

"저주받은 아이야, 보이지 않아도 알지 않느냐? 이 숲의 이상함을."

"……네."

"전하?"

호위들에게는 숲의 이상함이 느껴지지 않았다. 로벨과 대정령들이 숲을 보며 싫은 얼굴을 하고 있다고 여기는 정도였다.

그러나 주인인 가디엘의 안색이 나쁘다는 것만은 눈치챘는지 미간을 좁히고 있었다.

본인의 안색이 좋지 않다는 사실을 들켰다는 것에 가디엘은 당황했다. 가족의 뒤처리를 하러 가는 중에 신경 쓰이게 해서 짐 취급을 받아서는 곤란하다.

"이제부터 적지의 중심으로 가는 게 무섭다거나 한 게 아냐. 뭐라고 하면 좋을까…… 이 숲에서 아주 안 좋은 기척이 느껴지고 있어."

"전하는 보이지 않아도 느끼시는 거로군요. 형태는 어찌 되었든, 정령과 연결되어 있으니까요."

이어진 로벨의 말에 호위들은 더욱 당혹스러워했다.

"로벨 님…… 무슨 말씀입니까?"

"아기엘 님 주변의 저주가 증폭되었습니다. 저주받은 자에게 접근할 수 없는 범위가 숲 전체로까지 퍼져 있습니다. 마치…… 소용돌이처럼."

"뭐라고요?!"

정령들은 저주받은 자에게 접근할 수 없다는 것은 들어 알고 있었다. 그러나 이 중에서 가장 전력이 되는 것은 역시 로벨과 대정령이었다.

그들이 접근할 수 없다고 하는 것은 전력의 저하로 이어진다고 생각했는지, 호위들 사이에서 당황하는 기색이 보였다.

이렇게 되어버리면 처음부터 전략을 다시 세워야 할 필요가 생긴다. 사우벨도 그리 생각하고 모두를 한 곳으로 모으려 했는데, 로벨이 그것을 제지했다.

"내가 정령들에게 결계를 펼칠 거라 문제없다. 하지만 전하, 당신도 접근해서는 안 됩니다."

"어째서지?"

짐 취급을 받아버린 것은 아닌가 하며 가디엘은 초조해했다.

"아미엘은 내 가족이고 왕족이다. 백성 위에 선 자로서, 숙모님들의 행동은 용서할 수 없다! 그렇기에 여기 온 것이다!"

예전부터 죄를 범한 왕족에게 벌을 내리는 것은 같은 왕족이라고 정해져 있었다.

그렇기에 뿌리가 같은 헬그너도 텐바르의 숙청을 제 손으로 하길 바라고 있던 것이다.

"전하, 조용히."

쉿, 하고 검지를 입가에 대는 로벨의 태도는 소란스러움에 초조해하는 기색 같은 건 전혀 없이 태연하기만 했다.

하지만 큰 목소리를 내고 만 가디엘은 솔직하게 미안하다고 작은 목소리로 사과했다.

장소를 옮기겠느냐고 물었더니, 로벨은 괜찮을 거라고 대답했다. 무슨 일이 있으면 정령들이 가르쳐줄 것이다.

지극히 냉정한 로벨에게 압도되었는지, 가디엘은 초조해했던 자신이 부끄러워졌다.

어떤 심경의 변화인지, 그가 접근해서는 안 되는 이유를 옆에서 보고 있던 대정령이 답해주었다.

"형태는 어떠하든 너는 정령과 연결되어 있다. 그 정령이 저주에 끌려가면, 너도 무사하지는 못할 거다."

"그게 무슨……."

이 사실에 말을 잃은 가디엘의 뒤편에서 호위들이 긴장한 기색을 보였다.

"전하, 지금은 대기하시지요!"

호위들의 기세에 삼켜질 것 같았지만, 가디엘은 뭔가 방법이 없을까 모색했다. 그리고 무언가를 떠올린 것처럼 로벨에게 다가섰다.

"로벨 님, 부디 내게도 결계를!"

정령을 지킬 수 있다고 한다면, 자신도 지킬 수 있을 터라며 가디엘은 애원했다.

여기에 로벨은 눈을 가늘게 뜨며 싫다는 얼굴을 했다. 그러자 가디엘은 적잖이 충격을 받았지만, 방법은 이것밖에 없다며 필사적으로 매달렸다.

그 기세에 졌는지, 로벨은 한숨을 내쉬면서 내키지 않는다는 투로 자백했다.

"어차피, 당신에게도 결계는 펼칠 셈이었습니다."

"뭐?"

"이 저주의 농도라면 주변에 있는 인간도 위험할 겁니다."

대정령의 말에 주변에 있던 인간들의 안색이 단숨에 나빠졌다. 그것을 곁눈질하면서 로벨은 한숨을 섞어가며 말했다.

"전하, 몬스터 템페스트가 왜 일어나는지 아십니까?"

"뭐, 뭐라고……? 아니, 자세한 원리는 모른다. 그저 폐하가 말씀하셨다. 2백 년 전에 무언가를 관장하는 정령을 베른드르가 잡아가둔 탓이라고……."

갑자기 화제가 바뀌자 가디엘은 당황했지만, 솔직하게 답했다. 뭔가 매우 중요한 일이 아닐까 하고 본능이 알려주고 있었기 때문이다.

"그렇겠죠. 설명하자면 정령과 계약해서 쓰는 마법의 힘, 그 근원을 마소라고 합니다. 정령은 여신에게서 그 힘의 은혜를 받은 존재입니다. 모든 것이 마소에서 비롯된 겁니다. 그것은 식물도 동물도 인간도 마찬가지. 이 세계는 이 힘으로 가득하고, 혈액처럼 순환하고 있죠. 이것이 막히고 흐름이 정체되면, 빠져나갈 길을 찾아 부풀어 오르고 폭발을 일으킵니다. 그것이 몬스터 템페스트라고 불리는 현상입니다."

홍수와 같은 원리다. 더욱이 한곳에 머문 마소는 농도가 매우 진해서, 살아 있는 모든 것이 영향을 받는다.

"짙은 마소에 접촉한 동물들이 마물입니다. 그것은 인간도 마찬가지. 몬스터 템페스트 최전선에 보내진 자들이 대부분 정령 마법사인 것은, 계약을 해서 어느 정도 마소에 견딜 수 있다는 은혜를 받았기 때문입니다."

로벨의 설명에 모두가 귀를 기울였다. 지금 이야기 중에 마소라는 힘과 저주가 어찌 연결되는지 알 수 없었지만, 이러한 긴박한 상황에서 관계없는 이야기를 하지는 않으리라는 것 정도는 누구나 알고 있었다.

"마소는 모든 것의 원천. 그런데, 정령의 힘은 뭐라고 했지요? 그 힘으로, 당신은 저주받았습니다."

로벨의 장난치듯 한 질문에, 그 답을 안 가디엘은 새파래지며 말했다.

"마소다……."

"그렇습니다. 그리고 인간도 마소로 만들어져 있다. 그러니 영향을 받는 겁니다. 즉, 저주의 영향은 마소의 영향. 인간에게 영향을 미칠 정도로 증폭된 저주라는 이름의 마소의 힘……."

"설마…… 여기는……."

"이대로 내버려 두면, 아기엘 님 일행이 원인인 몬스터 템페스트가 일어날 테지요."

로벨에게서 예상한 말이 나왔고, 그 의미를 아플 정도로 이해하고 있는 텐바르의 사람들은 몹시도 창백해졌다.

조금 전까지 전혀 특별할 것 없었던, 평범한 숲이라고 여겨졌던 곳이 순식간에 무시무시한 곳으로 변했다.

주의 깊게 살펴보았다면, 바람은 없고 숲에 사는 동물들의 기척이 전혀 없다는 것을 깨달았을 것이다.

"보는 시선이 달라지니, 숲이 이상하다는 게 느껴지죠?"

마치 마음을 읽은 것처럼 로벨이 억양 없는 목소리로 말했다.

"민감한 동물들은 도망치고 있을 거라고 봅니다만, 아마도 일부는 마물화 되어 있을 가능성도 염두에 두고 행동해주십시오. 정령들은 영향을 가장 많이 받으니 후방으로 물리도록 하겠습니다."

"아, 알았네."

동요를 미처 감추지 못한 목소리가 가디엘에게서 나왔다. 하지만 그 얼굴에는 일종의 긴장감이 있을 뿐, 두려워하는 기색은 없었다. 오히려 어떤 결의를 띠고서 숲을 바라보고 있었다.

여기에 로벨은 적잖이 놀랐다. 그리고 문득 깨달았다.

로벨이 몬스터 템페스트 경험했을 때의 나이와 가디엘의 지금 나이가 거의 비슷하다는 사실을.

'그때의 나는, 전부 포기하고 있었지…….'

자조적으로 웃어넘기며, 무언가를 튕겨내듯이 오른손을 들어 휘둘렀다. 그러자 로벨에게서 빛이 뿜어졌고, 그 빛이 한 점으로 집결하는가 싶더니 공중으로 빨려 들어갔다. 놀라 올려다보는 모두의 머리 위에서 갑자기 빛이 쏟아져 내렸다.

"뭐, 뭐지……?"

"결계를 펼쳤습니다. 하지만 과신은 하지 말아주십시오."

정령에게 후방으로 물러나라고 지시를 내리고, 로벨이 움직이자며 재촉했다.

"방향은……."

"지도는 필요 없습니다. 안내하죠."

로벨이 선두에 서서 숲으로 들어갔다. 그 뒤를 가디엘이 서둘러 쫓아가며 물었다.

"위치를 알 수 있는 건가?"

"네. ……비명 소리가 들리니까요."

"뭐라고……?"

다른 사람들은 귀를 기울여 보았지만, 아무것도 들리지 않는다며 고개를 저었다.

"저주의 목소리입니다. 전하와 접하고, 딸은 이 목소리를 들었죠. 전하는 지금은 들리지 않는다고 해도, 몇 번인가 들은 적이 있으시죠?"

"……그래."

씁쓸한 얼굴을 하고 가디엘이 입술을 깨물었다. 그 소리를 들었기에 가디엘은 더욱 정령이라는 존재에 흥미를 가지고, 시간이 흐를수록 엘렌의 존재에 마음이 끌렸던 것이다.

"저주에 다가가면 정령에게는 들립니다. 이 소리에 사로잡히고 삼켜지고 말죠."

저벅저벅 다리를 움직여 앞으로 나아가는 로벨을 뒤를 모두가 허둥지둥 따라갔다.

*

로벨의 등 뒤에서 몰래 따라오는 자가 있었다.

카이와 엘렌은 짐승 모습을 한 반의 등에 앉아, 공중에 떠 있었다. 발소리도 내지 않도록, 상공에서 로벨 일행을 찾아 거리를 두고 있었다.

"드, 들킬 것 같은데 안 들키네……?!"

"두근두근합니다."

엘렌과 반이 조마조마해하면서 그렇게 말했다. 들키면 혼날 거라는 걸 아는 만큼, 안절부절못했다.

“반 군, 저주 가까이에 갈 수 있겠어?”

“괜찮습니다. 오리진 님을 모시는 정령들이 엄중한 결계를 쳐주었습니다.”

“역시 어머니!”

아마도 쌍둥이 여신에게 그리하라고 전달받은 것이리라. 손거울을 만든 것도 쌍둥이 여신이다.

모든 것을 내다보는 보르가 엘렌에게 도움이 되도록 앞서 움직여준 것이 무척 마음 든든했다.

“가자!”

조금 앞질러서, 엘렌 일행은 소용돌이치는 저주의 원흉을 확인하러 갔다.

*

수년 전부터 이명이 들렸다.

헬그너 왕과 손을 잡고, 격리되어 있던 어머니를 구해서 헬그너령으로 도망쳐 왔는데, 준비되어 있던 것은 그저 도피처였다.

“어떻게 된 거야? 나의 로벨 님은 어디 있어?!”

변함없는 어머니의 모습에 기쁨을 느끼며 말했다. 이제 곧 어머니와 만날 수 있어요.

로벨 님이 데리러 올 거라고 꾀어내 어머니를 데리고 나온 아미엘은, 뒤쫓아온 할아버지를 몰래 가지고 있던 칼로 찔렀다.

자그마한 칼이었기에 할아버지는 아직 숨이 붙어 있었지만, 그것을 영원히 끊어버린 것은 헬그너에서 호위로 붙여준 기사였다.

눈앞에서 할아버지가 쓰러졌어도 아미엘은 태연하게 바라보았다. 이쪽을 망연히 바라보던 할아버지의 얼굴을 떠올리면 지금도 웃음이 터져 나온다.

기사가 칭찬의 말을 보내왔다. 그것을 당연하다는 듯이 받아들인 아미엘은 말했다.

“당연하지. 원래 왕이 되어야 할 건 아버지였어. 이 녀석 탓에 아버지는 정령계로 가버렸던 거야. 우리 모녀가 헤어져야 했던 원흉이니까, 죽어서 속이 시원해졌어.”

가면에 가려진 기사의 표정은 알 수 없었지만, 그 말이 맞다며 고개를 끄덕였을 것이 분명했다.

요즘 들어 이명이 점점 심해지고 있다.

익숙하지 않은 여행 생활에 짜증이 쌓일 대로 쌓인 어머니는 언제나 무언가를 먹는 것으로 스트레스를 풀고 있다.

헬그너에서 보낸 메이드를 채찍질하며 놀고 있던 어머니의 뒤에서, 아미엘은 웃었다.

줄곧 마차 안에서 움직이지 못하는 생활을 하다 보니, 어머니는 기억에 남아 있던 때보다 더욱 횡포가 심해져 있었다.

모습은 달라졌지만, 겨우 어머니와 함께할 수 있게 되었다. 이제 곧 아버지도 찾아올 것이다. 이제부터 원래의 생활이 돌아온다. 그리 믿으며 어머니를 달랬다.

이명은 종일 멈추지 않았고, 언제부턴가 그것은 목소리처럼 들려왔다.

목소리에 동조해 화와 짜증이 가슴속에서 소용돌이쳤고, 자신이 자신이 아니게 되는 착각이 때때로 일었다. 깨닫고 보면 낄낄 웃고 있는 자신이 있었다. 헬그너의 사람들이 아미엘을 보며 겁먹은 표정을 짓고 있었다.

거리를 두면서도 생활을 돌봐주는 헬그너의 사람들은 이쪽과는 일절 눈을 마주치려 하지 않았다. 필요 최소한의 말밖에 나누지 않았다. 이거면 됐다고 생각했지만, 어머니처럼 억누르지 못한 짜증을 그자들에게 터뜨려 해소하는 법을 익히자 그것은 점점 격화해 갔다.

어째서 자신들이 이런 숲속에 몰려 있어야만 하는 것인지, 전혀 이해되지 않았다.

왕족인 우리가 하는 말에 잠자코 따르는 것이 가신들의 역할이다.

자신들을 섬기는 것이 당연한데, 그 반크라이프트가는 왕녀인 어머니를 단죄했다.

백부인 폐하가 애처로운 모녀를 갈라놓고, 이것이 세상을 위한 일이라느니 하며 왕가를 교육했다. 그것이 얼마나 분했는지 알기는 할까?

왕족이 저주받았다는 것을 알았을 때도 반정령으로 변한 아버지가 어머니와 맺어지면 간단히 해결되었을 텐데, 그것을 어째서 모르는 것일까.

어머니를 향한 주변의 원망과 모멸에 섞여 자신을 욕하는 웃음소리가 들려올 때마다, 언젠가 반드시 모두 죽여버리겠다고 마음속으로 외쳤다.

귀에 들려오는 목소리는, 어느샌가 자신의 마음속 외침과 겹쳐졌다.

"너 따위, 낳지 말았어야 했어!!"

"어, 어머, 니……?"

들려온 어머니의 외침이, 어째선지 이쪽을 향하고 있었다.

*

이 이상은 무리라고 하는 위치까지 다가간 엘렌 일행은 저주의 원흉인 아기엘 무리를 찾았다.

"으으…… 저주가……."

살려달라는 희미한 비명이 귓가에 달라붙었다. 무심코 양쪽 귀를 막은 엘렌을 걱정하며 반이 말을 걸었다.

"공주님, 괜찮으십니까?"

"어디에 있는 걸까……."

"엘렌 님, 저 끝 쪽 텐트에서 누군가가 나왔습니다……!"

"네?"

도망치듯 나온 것은 온몸을 망토로 감싼 자그마한 체구의 인물이었다. 멀리서 알 수 있는 것은 어린아이로 보인다는 정도일까.

"설마, 아미엘?"

그것을 뒤쫓듯이 통통한 인물이 나왔다. 그 인물의 손에는 채찍이 들려 있었다.

"앗?!"

저주의 효과인지, 증폭된 것 같은 둔탁한 목소리가 주변에 울려 퍼졌다.

"증오스러워! 그 여자보다 먼저 너를 낳은 탓에, 내가 먼저 부정을 저질렀다며 단죄당한 거야! 너만 없었다면 단죄당한 건 그 남자였을 텐데!"

"꺄악!"

찰싹하고 휘둘러진 채찍 소리에 엘렌이 자그맣게 비명을 질렀다. 뒤에 있던 카이는 서둘러 그녀의 어깨를 감싸 보지 못하도록 엘렌의 눈을 한 손으로 가렸다.

찰싹, 찰싹하는 둔탁한 소리가 주변에 울려 퍼졌다.

소리가 멈추고, 엘렌이 머뭇머뭇 카이의 손을 잡아 얼굴에서 떼어냈다.

"저런 잔혹한 짓을……."

"어째, 서? 자신의 딸이잖아……?"

당황하는 엘렌에게, 「아기엘은 원래 저런 사람입니다」 하고 카이가 말했다.

반크라이프트에서도 아기엘은 매일 저렇게 주변의 메이드들을 징계했다고 한다.

로벨과 사우벨, 그리고 이자벨라가 아기엘을 혐오했던 이유가 이

것이었다.

“아기엘 님은 태연하게 사람을 죽이라고 명령할 수 있습니다.”

“뭐?!”

“반크라이프트가에서는, 사우벨 님이나 다른 분들이 감싸서 메이드들을 해고하거나 했다고 합니다. 성에 있던 무렵엔 정말이지, 지독했다고 하더군요.”

창백해져 말을 잇지 못하는 엘렌에게 카이는 말했다.

“엘렌 님이, 저희를 그 지옥에서 구해주신 겁니다.”

담담한 카이의 설명에, 엘렌은 울듯이 얼굴을 일그러뜨렸다.

이곳의 공기가 바뀐 것은 그 순간이었다.

이 자리에서 소용돌이치던 저주가 움직임을 딱 멈추었던 것이다.

“……어?”

“무, 무슨…….”

엘렌과 반이 이상한 광경에 주변을 둘러보았다.

안 좋은 예감이 들었다. 그러자 아래쪽에서 저주와 같은 목소리가 에코처럼 울린 듯한 기분이 들었다.

『어머니까지…… 나를 부정하는 거야?』

키잉——— 하고 이명이 울렸다. 여기에 엘렌과 반이 신음 소리를 냈다.

“왜, 왜 그러십니까?!”

카이에게 저주는 보이지 않았다. 갑자기 상태가 나빠진 엘렌과 반을 보며 카이가 당황했다.

"반 군! 여기서 떨어져주세요!"

"아, 알겠습니다!"

서둘러 반이 이 자리에서 벗어나려 하자, 갑자기 아미엘이 있던 곳에서 저주가 회오리가 되어 하늘로 솟구쳤다.

"꺄악!"

"꽉 잡으십시오!"

"크읏……!"

바람이 소용돌이치며 엘렌 일행을 덮치려 했지만, 반이 바람을 조작해서 무사할 수 있었다.

서둘러 거리를 벌리고, 멀리서 회오리를 보며 엘렌을 깨달았다.

"몬스터, 템페스트……."

「태풍」이라 이름 붙여진 이유가, 이것이었던 것이다.

*

갑자기 공기가 달라진 것만 같았다.

여기에 로벨과 대정령들이 움찔하고 반응했다. 그 뒤에서 이 길이 맞는지 사우벨이 묻자, 로벨은 코웃음을 쳤다.

"맞다. 이렇게 된 이상 인간은 서 있을 수 없을 테니까."

사우벨은 태연하게 말하는 로벨의 모습이 이상하다는 것을 그제야 눈치챘다. 로벨의 표정에서, 감정이 사라져 있었다.

이 로벨의 표정은, 오래전 언제나 저택에서 보았던 얼굴과 같았기 때문이었다.

“혀, 형님……?”

오랫동안 보지 못한 로벨의 무표정한 얼굴에 사우벨은 식은땀을 흘렸다.

“쌍둥이 여신이 했던 말을 지금이라면 이해할 수 있을 것 같군…… 참으로 화가 치밀어.”

사우벨이 대체 어찌 된 일이냐고 말하려던 순간, 갑자기 눈앞의 수풀이 부스럭하고 움직였다.

모두가 일제히 검 자루에 손을 올리고 자세를 낮추었다.

“……인간인가.”

아직 서 있을 수 있는 자가 있었던 것이냐며 놀란 목소리가 로벨에게서 나온 순간, 수풀이 둘로 나뉘며 기진맥진한 남자가 나타났다.

필사적으로 도망치려 했지만 풀에 다리가 걸려 그 자리에 쓰러졌다.

“허억…… 사, 살려…….”

필사적으로 손을 뻗어 로벨 일행에게 매달리려 하는 그 모습에 주변 사람들은 눈을 부릅떴다.

남자의 몸에는 검은 안개가 달라붙어 있었다. 그 안개를 자세히 보니, 수많은 작은 검은 손이 안개에서 자라나 남자의 옷을 붙들고 있었던 것이다.

그것을 본 순간, 순식간에 한기가 온몸을 덮쳤다. 전원이 일제히 남자에게서 거리를 벌리고, 남자를 향해서 검을 뽑자, 이 상황에

절망을 느꼈는지 남자의 눈에서 뚝뚝 눈물이 떨어져 내렸다.

"살려줘! 싫어, 싫어, 싫어! 죽고 싶지 않아!!"

남자의 비명에 이끌린 것처럼, 검은 안개가 점점 남자를 감쌌다. 마치 사람을 삼키고 있는 것처럼도 보이는 그 광경에 아무도 말을 꺼내지 못했다.

"죽는 게 아냐. 너도 왕족인 우리의 일부가 되는 거지. 영광이지?"

키득키득 웃는 여자의 목소리가 쓰러진 남자의 뒤쪽에서 들려왔다.

그 목소리를 들어본 적 있던 가디엘은 멍하니 그 목소리가 들린 쪽을 보았다.

안개에서 불쑥 여자의 얼굴이 나타난 순간, 주변 사람들에게서 참지 못한 비명이 새어 나와 주변에 메아리쳤다.

"아미엘?!"

"아아…… 무슨 일이람…… 드디어 와주셨군요……."

가디엘의 외침을 무시하고, 아미엘은 로벨을 바라보며 기쁜 듯이 말했다. ―「아버지」라고.

가디엘은 눈앞의 끔찍한 광경을 믿을 수 없었다. 사촌 여동생과 함께 자라온 과거의 광경이 뇌리에서 되살아나, 그것이 아픔이 되어 가슴을 저몄다.

아미엘의 안부를 걱정했고, 라비스엘의 예상을 듣고 자신의 귀를 의심했다.

들어오는 정보로 점점 뒷받침되어가는 아미엘의 배신에, 당혹감은 슬픔으로 바뀌어갔다.
어째서냐고 묻고 싶었지만, 눈앞의 광경이 진실이라고 머릿속 어디선가 목소리가 들렸다.
"아미엘……!!"
가디엘의 외침과 거기에 당황한 로벨이 앞으로 나섰다.
"전하, 뒤로!"
아미엘에게서 퍼져 나오는 저주의 파동이 로벨의 안색을 나쁘게 만들고 있었다. 주변 사람들은 저주의 파동보다도, 그 아미엘의 모습을 목격하고 창백해졌다.
검은 안개에 감싸인 아미엘의 몸. 짙은 안개인가 하고 자세히 보면, 무수한 작은 손이 꿈틀대며, 마치 도와달라고 손을 뻗고 있는 것처럼도 보였다.
이 자리에 있던 모두가 저주를 목격하고, 구역질을 참는 듯한 얼굴을 했다. 로벨의 머릿속에 울리는 경종은 두통이 되어갔다.
"아버, 지……."
아미엘의 눈은 몹시 탁해져 있었다. 결막 부분은 어둠에 감싸인 것처럼 검게 물들고, 피에 젖은 듯한 각막이 로벨을 포착했다.
"나는 네 아버지가 아니라고 말했을 텐데."
로벨은 냉담하게 답했지만, 내심으로는 농담하지 말라며 분노하고 있는 것이 뻔히 보였다.
가디엘은 라비스엘에게서, 아기엘이 로벨에게 지금까지 무슨 짓을 해왔는지 들었다.

로벨이 오랜 시간 아기엘의 소행을 견뎌내고, 몬스터 템페스트의 전선으로 향했던 그 뒷모습을 지금의 모습과 겹쳐 보지 않을 수 없었다.

아미엘은 몬스터 템페스트의 원인이 될 가능성이 있었다. 지금, 로벨은 또다시 그 전선에 서 있었다.

가디엘은 주먹을 움켜쥐었다. 왕가는 지금 눈앞에 있는 등에, 성가신 일을 당연하다는 듯이 떠넘겨 왔다. 이대로 보호받고 있는다면, 옛날과 아무것도 다를 게 없었다.

"로벨 님, 제발—."

달라지기로 정했다. 달라질 가능성이 있다고 들었다.

여기서 영웅의 등에 보호받으며 서 있을 뿐이라면, 그건 누구라도 할 수 있는 일이었다.

무언가가 변화하기 위한 가능성이 자신에게 있다면, 자신이 변해 보이지 않으면 안 된다.

"전하?"

이상하게도 몸은 떨리지 않았다. 가디엘은 로벨의 어깨를 잡고 비켜 달라고 부탁했다.

가디엘의 모습에 무언가를 느꼈는지, 미간에 주름을 잡으면서도 로벨은 아주 살짝 뒤로 물러나 자리를 양보해주었다. 가디엘은 그저, 아미엘을 바라보며 말했다.

"아미엘, 그게 네가 바란 거였니?"

"……가디엘. 어째서 네가 여기 있는 거지?"

"어째서 내가 여기 있는지 모르겠다는 말이라도 할 셈이야?"

"……아아, 그래. 그랬지."

느릿한 움직임으로 아미엘은 가디엘을 보았다. 그리고 히쭉 웃었다.

"너희를 죽이고 싶었는걸."

아미엘이 가디엘에게 한 말에 지금껏 겁에 질려 있던 호위들의 분위기가 순식간에 바뀌었다.

본래의 역할을 떠올리고, 검 자루에 손을 대면서 아미엘을 적으로 여기며 노려보았다. 그것을 가디엘이 한 손을 들어 말리며 말을 이었다.

"그렇게나…… 원망 받고 있던 건가."

"맞아."

"어째서 그렇게까지……."

가디엘의 동정을 눈치챘는지, 아미엘은 순식간에 격앙했다.

"어째서냐고?! 너희는 나한테서 모든 걸 빼앗아 놓고 무슨 말을 하는 거야?!"

"빼앗아?"

"어머니도 아버지도, 나의 위엄조차도!!"

가디엘 일행은 눈썹을 찌푸렸다.

"숙모님이 어째서 벌을 받았는지…… 이해하지 못한 건가?"

"벌! 벌을 줬지! 어머니는 왕족으로서 당연한 일을 했을 뿐인데!!"

"당연하다고?! 지나친 낭비에 누가 괴로워했는지 모르는 거냐?!"

"누군데? 누구든, 우리를 위해 모든 걸 바치는 건 당연한 일이야!!"

"뭐라고?!"

아미엘의 주장에 분노가 끓어올랐다. 가디엘이 주먹을 움켜쥐며 견디려 하는 것을 본 아미엘은 코웃음을 쳤다.

"원래대로라면 어머니는 아버지와 맺어질 터였어. 그걸 방해해놓고, 너희는 심지어 어머니를 그 남자한테 떠넘겼지."

사우벨을 발견하고 아미엘은 짜증스럽다는 듯이 말했다.

"어머니의 괴로움을 알아? 그걸 발산하려고 돈을 썼을 뿐이야. 하지만 그건 백성을 움직이게 하는 힘이 되지. 물건을 사면 백성은 일이 늘어나잖아."

"한도라는 게 있어! 너희의 방식은 터무니없었다고!!"

"왕족이니까 당연하잖아! 그런데 너희는 단죄라며 우리를 떼어놓고 어머니를 가둬뒀어!"

거기까지 말한 아미엘은 진심으로 싫다고 말하는 듯한 얼굴을 하고서 가디엘을 보았다.

"너희가 강요하는 선의라는 게 기분 나쁘다고!"

"뭐……?"

"갱생이라고? 어머니처럼 돼선 안 된다고? 너희야말로 무슨 소리를 하는 건데?!"

"아미엘……?"

"왕족으로서 당연한 일을 했을 뿐인데. 내 어머니를, 아버지를 빼앗고서…… 너희야말로 나한테는 악인이야! 정말이지 증오스러워!!"

아미엘의 분노에 촉발되어 몸을 감싸고 있던 안개가 단숨에 퍼져

나가기 시작했다.

위험하다고 느낀 로벨은 정령에게 염화로 일제히 물러나 피하라고 명령하고, 다른 인원들에게도 물러나라고 지시를 내렸다.

"백성을 괴롭혀놓고 그게 무슨 말이야……."

"괴롭혀? 뭐가 괴롭다는 거야? 백성은 우리가 하는 말을 듣는 게 일이야. 우리를 숭상하지 않는 자 따위는 죽는 게 당연하잖아?"

"뭐라고……?"

"그래, 죽는 게 당연해. 그게, 필요 없는걸. 우리를 쫓아낸 너희도 필요 없어."

아미엘의 주장에 모두가 할 말을 잃었다.

"그런 이유로…… 백성을 위험에 빠뜨렸다는 건가?"

"위험? 필요 없는 걸 처분하고 있을 뿐이야. 헬그너 왕도, 필요없다고 말씀하셨어. 그렇잖아? 모조품인걸."

키득키득 웃으면서 아미엘은 태연하게 말했다.

"직계가 죽으면 정령의 저주도 풀릴지 모르잖아. 게다가 아버지와 어머니가 맺어지면, 저주는 반드시 풀릴 거야. 그도 그럴게, 아버지는 정령에게 인정받았는걸. 어째서 그걸 모르는 걸까."

아미엘의 말에 사우벨은 그런 일은 절대 없을 거라고 반사적으로 생각했다. ―오히려 오리진의 성격을 생각하면, 확실하게 텐바르 왕국은 멸망을 맞이할 거라고도.

로벨은 더는 숨길 수 없을 정도로 혐오를 드러내며 중얼거렸다.

"정말로 닮았어…… 기분 나쁠 만큼."

생김새만이 아니라, 사고도 말투도 전부 아기엘을 빼닮았다.

자기중심적이고 타인 따위는 생각도 하지 않는다. 그것이 당연하다고 공공연하게 말하고, 고려도 하지 않는다.

"그래! 아버지, 가디엘의 목을 헬그너 왕에게 바쳐요! 그러면 아버지는 헬그너의 영웅이 될 수 있어요!!"

좋은 생각이 났다는 듯이 아미엘이 말한 직후, 어디선가 경외감이 들 정도의 분노의 파동이 전해져 왔다.

'……?!'

무심코 로벨의 온몸에서 으스스한 오한이 내달렸다.

대체 어디에서? 하고 사고가 그쪽으로 향하는 바람에 반응이 늦고 말았다.

"아버지. 저와 같이 가요! 어머니도 기다리고 있어요."

단숨에 뿜어져 나온 저주의 파동에 로벨은 급하게 결계를 쳤다.

"일단 물러나라!!"

아미엘은 로벨을 향해서 안개를 뻗었지만, 결계에 막혀 짜증이 났다.

그 짜증을 터뜨리듯이 아미엘은 계속해서 결계에 파동을 강하게 날렸다.

이 충격에 로벨은 눈을 부릅떴다. 순식간에 상황이 좋지 않다는 것을 알았다.

"서둘러!!"

결계에 빠직빠직 균열이 가기 시작했다.

설마 하는 생각이 로벨에게 틈을 만들었다. 그러나 모두가 피할 때까지 물러날 수는 없었다.

챙, 하고 깨지는 소리가 났다.

그 갈라진 균열에 충격이 달리고, 거기에서 안개가 단숨에 침입해 왔다.

로벨은 눈앞으로 닥쳐드는 어둠을, 그저 지켜볼 수밖에 없었다.

■작가 후기

7권을 읽어주셔서 진심으로 감사드립니다!

순식간에 7권. 그렇게 생각했습니다만, 이번 헬그너 편에 들어서면서 드디어 여기까지 왔다~! 하고 절절하게 생각했습니다.

인터넷에서 연재할 때부터 상당한 시간이 흘러서, 그렇게 생각되는 것일지도 모르겠네요(여기까지 4년 걸렸습니다……).

이번에 헬그너 편 멤버의 일러스트도 두근두근했습니다만, 여러분도 이미 보셨을까요?

쌍둥이 여신을! 드디어! 만나 뵐 수 있게 되었습니다!!

정말, 한숨이 나올 만큼 훌륭한 아름다움입니다. keepout 선생님, 언제나 고맙습니다!

먼저 이쪽을 읽고 계신 분은, 꼭 권두 삽화 뒤쪽을 봐주십시오.

쌍둥이 여신에는 이미지 모델로 삼은 분들이 계셔서 그것도 미리 전해두었는데, 설마 이 부분……?! 하고 상상할 수 있어서 무척 즐거웠습니다.

본문 일러스트의 쌍둥이 여신 등장 장면에서는 크게 웃었습니다. 불쌍한 빈트……(웃음).

그리고 『아빠는 영웅~』의 인터넷 연재본에서는 헬그너 편 도중부터 집필이 멈췄었습니다만, 단행본 발매 전에 이번에 무사히 종료 완결할 수 있었습니다. 독자 여러분을 오래 기다리시게 했습니다.

많은 분들께 축하와 위로의 말씀을 받았습니다. 감사합니다.

무사히 끝까지 달릴 수 있었던 것도 여러분 덕분입니다. 인터넷판과 함께 가필된 서적도 기대된다고 말씀해주신 것이 큰 힘이 되었습니다.

이번에도 서적화를 하면서, 여러 장면을 변경해 흐름을 바꾸거나, 도중에 이벤트를 끼워 넣거나, 등장인물을 늘리거나 하는 등, 변경점을 생각하면서 가필하는 것이 무척 즐거웠습니다. 부디 인터넷판과 비교하며 읽어주신다면 기쁠 겁니다.

이전 이야기에 이어, 이 책을 손에 들어주신 분들. 인터넷에서 응원해주시는 분들.

언제나 신세를 지고 있는 담당 K님, M님, 교정자님, 디자이너님, 영업 I님.

바쁘신 중에 언제나 최고의 일러스트 감사드립니다. keepout님.

인터넷판 연재 종료 때 축하 일러스트를 그려주셔서 감사드립니다.

코미컬라이즈 만화, 오호리 유타카 님, 스퀘어 에닉스 담당 W님.

응원과 격려를 해준 친구들, 형제들, 친척들. 언제나 고맙습니다!

또 다음 권에서 만날 수 있기를 진심으로 바라고 있습니다. 고맙습니다!

아빠는 영웅, 엄마는 정령, 딸인 나는 전생자. 7

초판 1쇄 발행 2023년 4월 10일

지은이_ Matsuura
일러스트_ keepout
옮긴이_ 이신

발행인_ 신현호
편집장_ 김승신
편집진행_ 권세라 · 최혁수 · 김경민 · 최정민
편집디자인_ 양우연
관리 · 영업_ 김민원

펴낸곳_ (주)디앤씨미디어
등록_ 2002년 4월 25일 제20-260호

주소_ 서울시 구로구 디지털로 26길 111 JnK디지털타워 503호
전화_ 02-333-2513(대표)
팩시밀리_ 02-333-2514
이메일_ lnovellove@naver.com
L노벨 공식 카페_ http://cafe.naver.com/lnovel11

ISBN 979-11-278-6807-9 04830
ISBN 979-11-278-5213-9 (세트)

값 11,000원